CHARACTERS
レン・モリィ
TS転生した美少女魔法使い。
悪魔に与えられたスキルで
Hに冒険者生活をおくる。
リーン
レンの新たなパートナー。
元気で純真な美少女剣士だが
レンに堕とされて…!?
ユーウェ
レンに買われた美少女奴隷。
レンを慕い過ぎて
ヤンデレ気味…。
クロウ
豪快な敏腕戦士。
レンのHなご褒美に
ドハマリしてしまった。

悪魔に騙されてTS転生したけどめげずにハーレム目指します

2

Akuma ni damasarete
TS tensei sitakedo
megezuni Harlem
mezasimasu

著
百均

イラスト
三色網戸。

VN
Variant Novels

TAKESHOBO

CONTENTS

プロローグ

心地の良い微睡《まどろ》み。

とろけたように覚束《おぼつか》ない思考と、波にたゆたうような振動が、僕を抗《あらが》えない快感へと誘《いざな》う。

僕がそのまま欲求に身を任せようとした時、鋭い刺激が下半身を貫いた。

「んぁぁっ……!?」

脳裏にバチンと電流が走り、目を白黒させながら飛び起きる。

「ヒッ、ヒンッ……あっ、れ、レン、あっ、レンさん……!」

ぼやけた視界が回復すると、真っ先に目に映ったのは、ユーウェだった。

盛りのついた犬のように腰を振るユーウェは、目をとろんとさせ、涎《よだれ》を足らしながら腰を僕に叩きつけている。

それを見て、僕はようやく理解した。

どうやら僕は、交尾の最中に気絶してしまっていたらしい。

「くぅ、ぉー……!」

ユーウェのクリトリスが、僕の感じるポイントを針のように的確に突いてくる。

クロウの巨根に比べ、ユーウェのそれはあまりに細いが、その分性感帯をピンポイントで突いてくるので、充分気持ちいい。

快楽を感じるのはユーウェもまた同様で、色狂いのように腰を僕に叩きつけている。

以前ならば、ユーウェはあまりの快楽に腰が抜けて、ピストンどころではなかったのだが、最近はこうして激しくピストンしてくるようになっていた。

それは、ユーウェが僕の【淫魔《いんま》の肌】に耐性ができたから——ではない。

「ああっ、レンさん………！」

僕が気絶から回復したことに気づいたユーウェが、泣きそうな顔を僕に向けてきた。

「ぉぉぉお願いですっ！　もう無理なんです！　んぁぁぁ……！　イカせてくださいっ！　気が狂っちゃいそうなんです!!」

そう言いながら、ユーウェはクリトリスを僕のオマ×コにこすりつける。

そのクリトリスの根本には、金色のピアス。

それこそが、ユーウェを追い詰めている元凶だった。

「んぃぃー……おっぉっおっ！」

喘《あえ》ぎながら、微妙に腰の位置を動かし、ユーウェのクリトリスがＧスポットを擦るように調整する。

涎が口内を満たし、口の端《はし》から垂れていく。

オマ×コから、プシップシッと潮《しお》が吹くのが気持ちいい。

「ううう…………！」

僕が心底気持ち良さそうに喘ぐのを見て、ユーウェは整った眉をハの字に歪《ゆが》め、さらに強く腰を叩きつけた。

だが、そんなことをしても彼女がイクことはできない。

なぜなら、彼女のクリトリスにつけられた金色のピアス——吸淫のピアスが、絶頂以上の快楽を吸収してしまうから。

このピアスは、つけられた対象の絶頂以上の快楽を溜《た》め込み、いつでも解放することのできる男のロマンとも言える魔道具なのである。

絶頂を吸収することによって焦らし責めをすることも、一気に解放することによってイカせ責めをすることも可能。その絶頂を僕に向けて解放することさえできるのだ。

まさに最高の性玩具。一個金貨百枚というふざけた値段を除けば、何の欠点もない。

このピアスを僕が見つけたのは、新たな巨乳奴隷を探している時のこと。

奴隷市場をうろうろとしていたら、偶然性玩具を売り出している一角を見かけたのだ。

そこに売られている商品は、どれも男のロマンを叶《かな》える超弩級《ちょうどきゅう》のエロアイテムばかりで……非常に高額であった。

先の戦いで莫大《ばくだい》な賞金を稼《かせ》いだとは言え、少々買うのをためらうほどの値段……、しかし財布に余裕があれば豪遊してしまうのが僕という人間であり、気づけば金貨五百枚分ほど衝動買いしてしまっていたのである。

例のごとくそのあとすぐに後悔した僕だったが、買ってしまったものはしょうがないと開き直り、こうして様々な魔道具をユーウェで試させてもらっているというわけだ。

例えば、これ。

僕はユーウェの揺れる乳房のかわいらしい先端へと手を伸ばす。その乳首には、クリトリス同様金色のピアスがつけられていた。

「ふぁぁぁっ……！」

ユーウェが身体《からだ》をビクつかせ、身を捩《よじ》る。乳首を軽く触れたにしては大袈裟《おおげさ》な反応。

それもそのはず、今のユーウェは、乳首がそのままクリトリスと同じ感度になっているのだから。

この淫核のピアスは、つけた箇所の感度をクリトリスと同じにする魔道具だ。

耳たぶにつければ耳たぶがクリトリスに。鼻や唇につければそこが新たなクリトリスになる。

それを彼女は舌と両乳首に着けていた。

僕はそのままユーウェを引き寄せると、濃厚な口づけを交わす。

舌と舌を絡めあわせると彼女は電流を流されたように身体を震わせた。

今の彼女にとってキスは、クリトリスをフェラされるようなものなのだ。

僕はそのまま足でがっしりとその細い腰を固定すると、小さなお尻へと手を伸ばした。

こちらの意図に気づいたユーウェは焦《あせ》ったように身を捩るが、軽く舌を歯で噛《か》んでやるだけで怯《おび》えたように身体を震わせ僕に身を委ねた。

彼女のお尻に手を伸ばした僕は、小さなお尻に深々と突き刺さったバイブをゆっくりと抜き差し始めた。

「んんんんん………！」

舌を歯で噛まれているにもかかわらず、ユーゥェは喘ぎ声を漏《も》らす。

彼女のお尻に入っていたこのバイブは、女芯の男根。感覚をクリトリスと連動させる魔道具だった。

これを擦ると、まるでクリトリスを擦られたような感覚がするという魔道具である。

つまり、いまのユーウェはクリチ×ポが二本あるようなものだった。

「んぐぉぉぉぉ！」

僕がバイブを抜き差しすると、彼女は白目を剥《む》いて獣のような声を上げた。

あんまり喘がれると口の中がくすぐったいので、キスはもうやめてある。

「くぉぉぉ………！」

ユーウェは僕の肩口に顔をうずめると、クリトリスと化した舌で僕の肩を必死に舐《な》めている。

彼女がこんなにもお尻で感じているのはバイブの効果もあるが、お尻に寄生するアナルワームの存在がデカイ。

このアナルワームは、錬金術師が作り出した人工生命体で、アナルに住み着き、中の老廃物を食らい体内で媚薬《びやく》に変え排出するという能力を持っていた。

このアナルワームにより、ユーウェは常に発情し、アナルを敏感にしているのである。

ちなみに寿命は一ヶ月。一匹金貨五枚の、なかなかリーズナブルなオモチャだ。

…………金銭感覚狂って来たかな。

「ヒィッヒィッ、ヒィッ！」

僕が内心苦笑していると、ユーウェが腰を固定されているにもかかわらず、必死に腰を振り快楽を得ようとしていた。

セックスを始めてかれこれ五時間。これ以上は精神的にも限界だろう。

僕は、サイドテーブルに手を伸ばすと、今回最も高価だったベルを手に取った。

「あ、あああぁぁぁぁ………」

ベルを目にしたユーウェが、絶望と快楽への期待が混じりあった顔をした。

そして、僕は吸淫のピアスから、絶頂二回分の快感を引き出した。

「…………!!!　イッグ………グッ……！　…………ガッ!!　カハッ」

瞬間、今まで感じたことのないほどの深い絶頂が僕を襲う。

比喩抜きで脳に電流を直《じか》で流されたような刺激が脳髄を走り、視界に銀色の星が弾け、世界から色彩が消え去った。

ふわりと肉体と魂が解離するような浮遊感と、麻薬にも似た多幸感が全身に満ちる。

恍惚《こうこつ》とした声が漏れる。その声は、自分の声のはずなのに、どこか遠くから聞こえてくるような感じがした。

幸せの極地。この世から、ありとあらゆる不幸が消え去ってしまったような、そんな精神状態。

やがて絶頂が終わり、肉体を抜けた魂が重力に引かれ地上に叩きつけられたようにズン……！　と脳が重くなり、……僕は慌てて意識を繋《つな》ぎ止めた。

……あ、危ないところだった。危うく気絶するところだった。

先ほども、試しにユーウェの絶頂を味わってみようと一回分だけ引き出してみたら、そのまま気絶してしまったのだ。

今回は耐性がついたのか気絶は免《まぬが》れたが、凄まじい快楽だった。

ユーウェの快楽があれほどだったとは……。

絶頂百回分の快楽を一気に引き出してやろうかとも思ったが、これではショック死してしまうかもしれない。いや、確実にしてしまうだろう。

ここは無難に五回分にしておくべきだろう。

僕でも二回分を耐えられたのである、ユーウェなら五回分など朝飯前に決まっている。

というわけで、自分の絶頂を僕に横取りされ、まるで取ってあったショートケーキのイチゴを食べられてしまった幼い少女のような顔をしているユーウェに、取り上げていた絶頂を返してやることにした。

「じっくり味わってね、ユーウェ」

「ふぇ……？」

もはや、頭が蕩《とろ》け過ぎてろくに言葉もわからないのだろうユーウェは、とろんとした瞳で首を傾《かし》げた。

次の瞬間。

「[redacted]────────！！！！！」

声無き絶叫。

限界まで目を見開き、舌を伸ばせるだけ伸ばし身体を硬直させる。

僕も体験したからわかるのだが、波が押し寄せるように達する通常の絶頂と違い、ピアスを用いた絶頂は予兆がなく、まるで頭に直接電極をぶっ刺されて【絶頂しろ】とコマンドを入力されたかのような歪《いびつ》な絶頂となる。

その絶頂は、予兆がない故に完全な不意討ち。

耐性があろうとなかろうと、ありのままの快楽を受け止めなければならない。

そして、僕はさらに追い討ちをかけるようにベルを鳴らした。

継頂の鐘。

　このベルが鳴り響く間、絶頂のまま降りられず、通常ではあり得ぬ長さの絶頂を感じ続けるという魔道具である。

　鐘は一回鳴らせば一分。なっている間にさらに鳴らせばもう一分。やろうと思えば一日中イカせ続けることもできる。

「────……！！！！　…………！！　──～～～～」

　通常長くても十秒ほどでピークが終わるはずの絶頂を、異常な時間イキ続けているユーウェは、まるで窒息しているかのようにベッドの上をのたうち回っている。

　だが、彼女が窒息することはない。

　その華奢《きやしや》な首につけられた保命の首輪が、呼吸もままならない彼女の代わりに酸素を取り込んでいるからだ。

　髪を振り乱し、白目を半ば剝《む》きながら潮と尿を垂れ流す哀れで可愛《かわい》い性奴隷の姿は、否応なしに僕の劣情を煽った。

　僕はさらにベルを二回鳴らすと、女芯の男根を手に取り腰に巻き付け、トロトロに蕩けたユーウェのオマ×コへと突っ込んだ。

「「イッ～～～～～～!!」」

　二人同時に、嬌声《きょうせい》を洩《も》らす。

クリトリスにリンクさせた女芯の男根は、今までに感じたことのない質の快感を僕に与えた。

感覚としてはチ×ポの快感に近いが、剝き出しのクリトリスをオマ×コ全体で愛撫《あいぶ》される快感は、男のそれとは比較にならない。

無理に例えるならば、チ×ポの神経を剝き出しにし、亀頭をチ×ポ全体に拡張した上で感度を十倍にした感じだ。

それをトロトロに蕩け、絶頂により締まりざわめくオマ×コに突っ込んだ快感は、言葉に尽くしがたい。

あまりの快楽に腰が痙攣《けいれん》し、それが小刻みなピストンとなる。

そんな状態でピストンをして意識が保てるはずもなく。

僕はあっという間に絶頂した。

「イッグゥウゥウゥ!!」

予想外だったのは、そこからだ。

僕は、ベルの効果がその音が聞こえる範囲すべてにあることを失念していたのである。

「んァア!?　あぁあッ!?　んぁあぁあぁ?!!?　〜〜〜〜〜〜〜〜〜〜ッッ!!!」

終わらぬ絶頂に視界はブラックアウトし、世界から音が消えた。

音も匂いも色彩も消え去ったその世界にあるのはただ一つ。快楽のみ。

終わらぬ絶頂に僕の意識は、プツンと切れた。

――あの死闘から一ヶ月が経過した。

グレーターデーモンを倒してからというもの、僕はかなり自堕落な生活を送っていた。

以前は毎日潜っていた迷宮探索は週三日に。その三日も、戦闘はもっぱらクロウに任せ、僕は倉庫役に徹していた。

休みの日は街をぶらぶらして、欲しい物は手当たり次第衝動買い、もしくは一日中ユーウェとイチャイチャしているかだ。

来たばかりの頃の激動の日々が嘘《うそ》のような、平穏な日々。

だが、不満もあった。

「ホッと！」

クロウの気が抜けるような声とともに、剣が横凪《よこな》ぎに振るわれる。

その緩い声とは裏腹に、その剣筋はどこまでも鋭い。

グレーターデーモンを倒した金で新調した大剣はあっさりとトロールの上半身と下半身を切断。滑り落ちる上半身に、クロウは返す刃で一閃《せん》。なにが起こったか理解していないトロールの首をはね飛ばす。

電光石火の動き。レベル5になり、ステータスを強化した彼の動きは、もはや人の域を超えたものとなっている。

常人が一回剣を振るう間に五回剣を振るうクロウの前に、鈍重なトロールは敵ではなく、それを証明するように辺りには無数の死体が転がっていた。

「うーん、やっぱ新しい剣はいいよな」

クロウは剣についた血糊《ちのり》を拭《ぬぐ》いとると感嘆の声を漏らす。

その新しい剣は、以前のグレーターデーモンとの戦いを反省して新調したものだった。

ダマスクスとかいう金属で鍛え上げられたその剣は、ひたすら頑丈で、千人切っても刃毀《はこぼ》れ一つしないらしい。

無論、相応に値が張り、クロウが持つ刃渡り二メートル級ともなれば一振り金貨五百枚にも及ぶ。

クロウはその剣を手に入れて以来、振るう度にその剣にうっとりしているほどのお気に入りようだった。

……はっきり言えば、僕には理解できない世界だ。

剣一本に金貨五百枚……正気の沙汰とは思えない。

(まぁ、クロウの取り分をどう使おうと勝手だけどね)

内心でそう呟《つぶや》き、欠伸《あくび》をする。

以前は、欠伸なんてしようものなら悪臭にむせそうになったものだが、新調した装備〝清浄のスカーフ〟の効果により僕の周辺の空気は浄化されるため、実に快適な迷宮探索が可能になっている。

　この清浄のスカーフは、身に着けている物や周囲の空気を常に清潔に保つという、ただそれだけの魔道具である。

　本来は有害なガスが満ちた場所や、毒のブレスなどを吐くモンスター対策の魔道具らしいのだが、僕はこれを超高性能な空気清浄機として活用させてもらっていた。

　浄化以外の効果はなく、防御力は全く上がらないこのスカーフであったが、潔癖症《けっぺきしょう》で知られる日本人の僕にぴったりな一品であった。

　まったく、我ながら良い買い物をしたものだ。

　辺りのトロールが軒並み片付いたのを確認した僕は、〝財宝神の蔵〟を使用。蔵から小さな生きた人形たち――ホムンクルスを取り出す。

　ホムンクルスとは、錬金術師が作り出した人工生命体であり、その性能は素材と作り手により様々。

　中には戦闘にも耐えうるホムンクルスも存在するらしいが、これは安物で――とはいっても、ホムンクルス自体が大変高価なのだが――せいぜい、魔物の魔石を回収するくらいが関の山だった。

　この小人たちを導入したのは、魔石回収の時間の短縮と、いつまでも主戦力であるクロウに魔石回収をさせるわけにはいかないからだ。

ホムンクルス達に魔石とトロールの剣の回収を命令すると、僕は〝テレサの扉〟の詠唱を開始した。

テレサの扉は、迷宮脱出用の魔法である。

階層×人数の魔力を使用することによって、一瞬で迷宮を脱出することができる。

グレーターデーモンを倒した功績を評価され、最近ギルドから教えてもらった〝秘匿魔法〟だ。

秘匿魔法とは、魔法技術における特許制度のようなもので、権利者の許可を得ないと使用することのできない魔法のことだ。

このテレサの扉はギルドが独占する魔法の一つで、ギルドに多大な貢献をするか、莫大なお金を払わなければ使用することができない。

この魔法を手に入れたことにより、僕たちは宝部屋のトロールの剣をリスクを負わずに回収することが可能となっていた。

……あれから少し調べてみたのだが、特定の階層においては、宝部屋は一種パンドラの箱のように扱われているようだった。

少量ならば問題ないらしいのだが、一度に大量に供給品を持ち去られた場合、魔界の警備網に引っ掛かり、追跡部隊が派遣されるようなのだ。

先日のグレーターデーモンがまさにそれだ。

これは、冒険者の間では常識レベルの知識で、それを知らないのはよほどの無知かルーキーだけのようだった。

僕らはその両方だった、というわけだ。

これにはさらに法則があり、20パーセント取るとプラス五階層レベルの敵。50パーセント取るとレッサーデーモン。全て取るとグレーターデーモンが出てくるらしい。

分不相応な欲を持つものには、鉄槌《てっつい》が下される、というわけだ。

おまけに、レッサーデーモン以上が召喚される魔法陣は、テレサの扉等の移動魔法を阻害する能力があるので、強制的にバトルとなる。

ゆえに、僕らは15パーセントほどのトロールの剣を回収しては、テレサの扉で帰還、ということを繰り返していた。

と、そこで僕は突然背後から忍びよって来ていたクロウに抱き着かれた。

「レン～!」

「!? ちょ、ちょっと!」

抱き着かれたことによってバランスを崩しかけた僕は、なんとか踏み止《とど》まると、振り返りクロウを睨《にら》み付けた。

魔法は、詠唱中に一歩でも動くとキャンセルされてしまう。もちろん、消費された魔力は戻らない。

既に僕はチャージを四回唱えている。その魔力は、キャンセルさせるにはあまりにもったいない。

魔力ストックを4貯めるのに、どれだけの犠牲を（ユーウェに）強いると思っているのか。

そういったこともあり、僕はけっこう本気でクロウを睨んだのだが、このアホはへらへらと笑って気にした素振りすら見せない。

挙げ句の果てには。

「なに怒ってんだ？　それより、早くヤらせてくれよ。戦った後はムラムラすんだよ」

などとのたまう始末。

その言葉に、僕は怒りを通り越し、嘆息した。

またか……。

ここのところ、クロウはずっとこんな調子だった。

筆下ろしをして以来、この猿は味をしめたのか、何かにつけてセックスを要求するようになっていた。

迷宮で戦闘したらセックス。宿に帰ったらセックス。飯食ったらセックス。何もしなくてもセックス。

基本毎日一回。酷い時には三回はセックスする。

完全に、調子に乗っていた。

……もっとも、クロウがこうなってしまったのには僕にも多少責任があった。

嫌なら断ることもできたのに、一度も拒《こば》まずに身体を許し続けたのだ。

理由は簡単。グレーターデーモンの件である。

やはり、命懸けで僕のために戦ってくれたというのは大きく、義理堅い僕は内心気が進まなくとも、クロウの好きにさせてしまっていた。

……まあ、あとはなんだかんだ言って僕も少しは気持ちがよかった、というのもある。少し……ほんの少しだけだが。

その結果が、これであった。

もはや、クロウは僕を抱けるのは当然とすら思うようになり、最近ではこうして最悪の環境である迷宮の中ですら僕を抱くようになっていた。

元男であり、女心など持ち合わせていない僕であるが、それでも女の子を抱くのにこれはどうよ？　と思うほどである。

もっとも、それだけなら僕はまだ我慢できた。

曲がりなりにも、親友であり、命の恩人である。いつも戦闘をすべて任せて、戦利品だけ山分けにしてもらっている負い目もあった。

だが。

だがである。

（セックスが雑になるのだきゃあ赦《ゆる》せねぇ………！）

さすがの僕も、それだけは我慢ならなかった。

僕が濡《ぬ》れやすいことをいいことに、愛撫はおざなり。ギリギリ痛くない程度に潤ったら、即挿入。適当に腰を振ったら、僕がイキそうかどうかなどお構いなしに射精。無論、膣内《なか》出し。

僕は微妙に高ぶった子宮を抱え、迷宮探索をすることになる。

完全にオナホ扱いだった。ある意味奴隷よりも酷い。

そういったわけで、徐々に僕の中のクロウの評価は下がっていき。

ついに今日、僕は彼に愛想が尽きたのだった。

――パシッ。

「え？」

胸を揉《も》みしだいていた手を払われ、呆気《あっけ》にとられるクロウ。

僕はそんな彼を他人を見るような目で見据《みす》え、冷たく言い放つ。

「触らないでくれる？」

「ど、どうしたんだよ……急に」

微《かす》かに狼狽《ろうばい》するクロウ。

「……急に？　そんなことないでしょ」

一瞬で冷めたわけじゃあない。徐々に、徐々に下がっていったのだ、クロウの評価は。

それに気づかなかった、ということは、それだけコイツが僕を見ていなかった。それだけのことだ。

嘆息し、僕は最後通牒《さいごつうちょう》を告げる。

「コンビ、解散しよう」

「なっ⁉」

驚愕《きょうがく》するクロウ。

「もう、うんざりなんだよ」

「どうして急に……。俺、なんかしたか？」

無様《ぶざま》なまでに狼狽し、額に汗を浮かべるクロウ。だが、その発言はどうしようもなく救いようのないものだった。

「……そんなこともわからないのか。自分の最近の言動を、胸に手を当ててようく考えてみれば自《おの》ずと答えは出ると思うけど」

「なに……？」

クロウは、素直に胸に手を当てて思考する。こういうところは、出会った頃のままだった。

「いや、…………さっぱりわからん」

「はぁぁ～～～………」

もはや、ため息しか出てこなかった。

「自分で答えを見つけるまで、絶交だから。声も掛けてこないでよ」

「なっ、じゃあセックスは?!」

ブチり、と僕の中で何かがキレる音がした。

「死ねッ、この早漏《そうろう》チ×ポがッ！」

「グハァッ！」

言葉の刃に貫かれ、仰《の》け反《ぞ》るクロウを尻目に、僕はテレサの扉を唱える。

クロウ？　知らない。一人で帰ればいい。

「じゃあね。〝テレサの扉〟、術式起動《ファイア》」

「待っ！」

クロウが引き留める声を無視し、僕は地上へと帰還する。

こうして僕らのコンビは、解散した。

第一話　僕のしくじり

クロウと別れ、憤りを抱えたままの僕を迎えてくれたのは、例によって僕の可愛い愛犬ユーウェだった。

僕が帰ってきたのを察すると、すぐさまベッドから駆け降り僕の足元へと駆けつける。

そして千切れんばかりに尻尾を振りながら、僕の脚に犬耳をつけた頭を擦りつけると、くぅんくぅんと甘えた声を出した。

……なに、この可愛い生き物。

荒《すさ》んだ心が、〝パルミラの癒《いや》し〟を掛けられたように急速に癒されてゆく。無骨でデリカシーのないクロウとは、対極に位置する生き物だ。

僕はしゃがみこむと、これでもか、というほどにユーウェの頭をなで回した。

「ただいま、ユーウェ〜。いい子にしてたぁ？」

「あんっ、あん、くぅ〜ん」

頭をなでられた愛犬ユーウェは、うっとりと顔を蕩《とろ》けさせ、甘い声を漏《も》らす。

その瞳は、情欲に潤み、とろんとしていた。

よほど尻尾バイブが良かったようだ。その証拠に、彼女の尻尾は今も千切れんばかりに振れていた。

ユーウェのお尻に刺さった犬の尻尾は、中が振動するバイブとなっている。バイブは常に振動し続け、締め付けることによってバイブが固定され、外のふさふさの尻尾が揺れる、という仕組みになっていた。

バイブは、僕が朝出かける時に着けていったものだから、かれこれ半日近く彼女はお尻を責められていることになる。

さぞやそのお尻とおま×こは、凄いことになっているだろう……と僕はほくそ笑んだ。

「くぅん、くぅん……うう〜〜、あんっ」

「ん？　どうかした？」

僕がそのままユーウェの頭をなで続けていると、ユーウェは痺《しび》れを切らしたように僕に頭をグリグリと擦りつけた。

「う〜〜、あんっ！　あんっ、くぅ〜ん」

命令によって、人間の言葉を封じられている雌犬ちゃんは、必死に犬の言葉で意思を伝えようとしてくるが、生憎《あいにく》さすがの悪魔も、僕に犬言語までは授けてくれなかったようで、さっぱりわからない。

そのまま僕が首を傾《かし》げていると、ユーウェは本当の犬のように唸《うな》りながら、僕の周りをくるくると回りだした。

やがて、彼女は僕の前でくてんとひっくり返ると、犬がお腹《なか》を見せるポーズで仰向《あおむ》けとなった。

服従のポーズだ。

小ぶりの乳房と、陰毛一つ生えていない子供のようなおま×こが丸見えとなる。

潤んだ瞳で僕をじっと見つめてくるユーウェ。

さすがにここまですれば、僕にも彼女の言いたいことは伝わった。

「ぉー、よしよし」

「わふぁん、くぁん、わふー」

僕が実際の犬にするようにお腹をなで回すと、ユーウェは甘い声を上げて悶《もだ》えた。

時折、クリトリスと化した乳首に指をかすらせたり、脇腹をくすぐったりと彼女を喜ばすことも忘れない。

たっぷり十分は可愛がってやった頃には、床には愛液による小さな水溜《た》まりができていた。

「ハッハッハッハッハッハッ」

ユーウェは発情した犬のように荒い息を吐きながら、くねくねと身体《からだ》を捩《よじ》らせている。

そんな可愛い雌犬奴隷を見ながら、僕は一本の棒を取り出した。

魔道具・女芯の男根だ。

それを見たユーウェは、蕩けさせていた身体を、バネのように跳ねさせて、女芯の男根へと飛び付く。

「待て！」

「……………くぅん」

僕に静止を命じられた雌犬ユーウェは、眉をハの字にしてしょんぼり。

少しばかり可哀想《かわいそう》だが、これもしつけである。

「おすわり」

「あんっ」

ユーウェが、おすわりのポーズをした。

二の腕で、ユーウェの美乳が寄せられる。その頂きにある、ピアスつきの乳首をくりくりと弄《いじ》って軽くよがらせた後、僕は手のひらを彼女の前へと差し出した。

「お手」

「あんっ」

「おかわり」

「わふっ」

「ちんちん」

「……！　あん……」

ピクリ、とわずかに反応した後、ユーウェは甘えたように上目遣いをしながらちんちんのポーズを取った。

その愛らしくも淫《みだ》らな表情にどぎまぎしつつも、僕は満足げに彼女を眺めた。

……実に、いやらしい格好だ。

今のユーウェは、頭に犬耳をつけ、首には首輪。アナルには犬の尻尾、という凄まじい格好だ。

さらには、乳首とクリトリスにはピアスと、正しく性奴隷オブ性奴隷といった感じ。

初めて会った、奴隷市の頃よりも、確実にワンランクは人間としてのランクが落ちているだろう。

しかしそれでもなお、その美しい顔に暗いものは見受けられない。むしろ、出会った頃よりも明るくなってすらいる。

……一体この可憐《かれん》な少女の中でどのような化学変化が起きたのか、不思議で仕方なかった。

「………あふっ」

ユーウェが熱い吐息を漏らし、我に返った。

ずっと見つめられたまま視姦《しかん》されていた銀髪の少女は、心底恥ずかし気に頰《ほお》を赤らめ、顔を逸らしている。

この、いつまで経《た》っても羞恥心を忘れないところも、彼女のいいところだった。

僕は女芯の男根をユーウェの前へと出す。

雌犬ユーウェはそれを下の口からだらだらとよだれを垂《た》らしながら見るが、飛び付いたりはしなかった。

ちゃんと待てはできているようだ。

そろそろ、ご褒美《ほうび》をくれてやってもいいだろう。

「よし、じゃあ次だ。ちゃんとできたらご褒美をあげるからね」

「わふー」

ユーウェがやる気満々に頷《うなず》いたのを確認すると、僕は女芯の男根を空中へと放り投げた。

「そら、とってこい！」

「わふっ」

ギリギリ取れるくらいの緩やかな曲線を描く女芯の男根。それをユーウェは四足のまま追いかけると、見事女芯の男根をキャッチし、着地。

瞬間――。

「わふぅぅぅん………！」

ユーウェはビクビクと身体を震わし女芯の男根を口からポトリと落とした。

女芯の男根は、魔力を通すことによって、クリトリスと感覚を同化させる。宙に放り投げられた女芯の男根をしっかりとキャッチするためには、しっかりとくわえ込まねばならず、ユーウェはその刺激で絶頂してしまったのだ。

「あーぁ、落としちゃった。ご褒美はなしだね。じゃあもう一回」

「クゥン……」

ユーウェは見てる方が哀れになるような、しかし淫らな表情を浮かべると女芯の男根をくわえこちらに持ってくる。

僕はそれを受けとると、女芯の男根を放り投げた。

ユーウェはそれを追いかけ、キャッチ。そして再び絶頂する。

ひとしきりビクビクと身体を震わすと、健気にこちらへと持ってくる。

僕はそれを受け取り、再び投擲《とうてき》。またもユーウェは絶頂する。

四回。五回。六回。

十回を超え、部屋中が愛液にまみれても、ユーウェは着地時の絶頂を克服することはできない。

二十回を超える頃には、ヘトヘトとなり、二回に一回は女芯の男根に追い付けなくなる。

三十回を超えると、もはやキャッチもできなくなり、女芯の男根が床に落ちた衝撃でビクビクと身体を震わした後、床に落ちた女芯の男根をくわえこちらに持ってくる、という作業になった。

それからさらに二十回。快感と往復作業により、手足をガクガクと震わし、半ば意識朦朧《もうろう》としたユーウェを見て頃合いと判断した僕は、密《ひそ》かに吸淫《きゅういん》のピアスを作動させた。これで、ユーウェが絶頂することはない。

「ユーウェ、これが最後のチャンスだ。もし失敗したら……」

「はふーはふーはふー……わふ？」

意味ありげに言葉を区切る僕に、ユーウェは不安げに首を傾げる。

「ユーウェが一番恐れていることをする」

その言葉に、ユーウェはサーッと青ざめた。

疲れではなく、恐怖により先ほど以上にガクガクと手足を震わし、じわりと目尻に涙が浮かぶ。

ユーウェが一番恐れていること……それは僕にはわからない。

だが、命令で聞き出せば、すぐにわかることだ。

それがわかるから、ユーウェは全身を恐怖で震わしているのである。

「じゃあ、頑張ってね、ユーウェ」

「わんっわんっ」

やる気満々のユーウェの返事を聞き、僕は今までで一番緩やかに、かつ取りやすく女芯の男根を投げた。

ユーウェはそれを、疲れと快楽、そして恐怖により自由の利《き》かない手足で必死にもたつきながら追いかけ、見事キャッチした。

それから着地時の快感にも耐え——とユーウェは思っているが実際は絶頂をピアスが吸いとっただけである——安堵《あんど》と成功の喜びに顔を綻ばせた。

年老いた犬のように身体を震わしながら、僕の元へと女芯の男根を持ってくる。

僕はそれを受け取ると、あらんかぎりの愛情を込め、ユーウェの頭をなで回し——吸淫のピアスから絶頂を引き出した。

「わ、わふぅぅぅぅん——！」

ユーウェは、頭を撫《な》でられながら、喜びと絶頂に身体を震わす。

彼女はそれを、僕に誉《ほ》められた喜びでイってしまった、と錯覚したに違いない。

実際には吸淫のピアスにより引き出された絶頂にもかかわらず、だ。

僕は、前々からユーウェに試してみたい計画があった。

その名も『パブロフの雌犬』。

これは、パブロフの犬から思い付いた僕オリジナルの調教である。

パブロフの犬については、日本ではシュレディンガーの猫並みに有名な話なので、説明の必要はないと思う。知らない人はググってくれ。

さて、『パブロフの雌犬』とは、それの超絶エロヴァージョンである。

まず必要なのは、吸淫のピアス。これに、事前に大量の絶頂を保管しておく。最低でも、百回分は用意しておくといいだろう。

次に、ユーウェの意識を朦朧とさせ、思考力を奪い、催眠状態に陥《おちい》り易《やす》くする。

今回の場合には、フリスビー（女芯の男根）投げに伴《ともな》う、単純作業の繰り返しによる思考の単純化と、絶頂による自意識の剥奪《はくだつ》。及び、長時間にわたる犬扱いにより、彼女の潜在意識に、自分が犬であるような錯覚をすり込んだ。

これにより、ユーウェの感情は極めて単純かつ肥大化し、思考よりもまず感情に身体を突き動かされるようになった。

つまり、僕に誉められただけで絶頂してもおかしくない状態にしたのである。

そして、最終段階。これにより、ユーウェは『パブロフの雌犬』と化す。

「ユーウェ、お手」

「わふー」

「よーしよしよし」

撫で回し、吸淫のピアスから絶頂を引き出す。

「わっ……ふ……！」

ユーウェは絶頂する。その顔に浮かぶのは、多幸感と快楽のみ。どうして自分がイってしまうのか、というような疑問が浮かんではいない。それを慎重に確認し、ユーウェが喜びで絶頂していると勘違いしていることを確認すると、次々命令を与えていった。

「おかわり」

「わふん」

「ちんちん」

「わんっ」

「伏せ」

「あんっ」

ユーウェが一つ芸をこなす度に、大袈裟《おおげさ》なくらいに褒め、そして絶頂させる。

やがてユーウェの顔には、陶酔したような表情が浮かぶようになり、命令するだけでゾクゾクと身体を震わすようになった。

――それから一時間後。

「ちんちん」

「わふん」

「よしよしよしよしよしよしよし！」

「わ……っふぅぅ……ぅぅん――……!!」

ユーウェは吸淫のピアスなしでも絶頂するようになったのだった。


クロウとコンビを解消した翌日。

目覚めた僕は早速自己嫌悪に苛《さいな》まれていた。

さすがに、あれは僕も悪いと反省したのだ。

相手に不満に思っていることを直接伝えられず、それを溜めに溜めて、勝手に相手に愛想をつかす。

いじめられっ子時代からの僕の悪癖《あくへき》である。

不満があることを相手にちゃんと伝えれば、相手はちゃんとわかってくれる場合が多いのに、それをせず一方的に相手を見限る。そのせいで、僕は小学生の頃から何人も友人をなくしていた。

その悪癖に気づかず、僕はどんどん孤立し、気づいた時には僕はいじめられっ子と化していた。

いじめられるようになった時に気づいて、反省したつもりだったんだけどなぁ……。

……うん、もしクロウがなんの形でもいい、謝りに来たならば、その時はちゃんと不満を伝え仲直りしよう。

僕からは行かない。彼が悪いのもまた、事実なのだから。

……考えてみれば、一度見限った相手と仲直りしようとしたのは、これが初めてだ。

それだけ、クロウが僕の中で特別な友人である、ということなのだろう。

もし、向こうにいた頃に、同じように友人たちに謝りに行ったならば、僕は多少違った人生を歩めたのだろうか……。


——さて。

それはさておき、これは一つのチャンスであることもまた、事実であった。

今までの僕は、まさしくクロウにおんぶにだっこの、言わば彼の付属品だった。

だが、それではいけないことは僕にだってわかっている。

それでも彼に頼りっぱなしだったのは、それがぬるま湯に浸《つ》かったような心地のよい環境だったからだ。

楽な方へ楽な方へ逃げようとする。それもまた、僕の悪癖だった。

だがこうしてクロウと別れて一人となった今、僕は迷宮という危険に面と向かって立ち向かわねばならなくなった。

これは、僕がまた一つ成長するために必要な壁だ。

無論、クロウが謝りに来るまで、引きこもってユーウェとイチャイチャするという選択肢もあった。

今ある財産は、金貨二百枚に、トロールの剣約五十本。

当分遊んで暮らせる金はある。

だが、それではダメなのだ。

僕は成長しなければならない。

この世界は、いじめられっ子だった僕が生きていけるほど、優しい世界ではないのだから。

と、言うわけで。

クロウと別れてから一週間後、僕はギルドへと来ていた。

え？　一週間も何していたのかって？

それはもちろん充電だ。この一ヶ月、いろいろとストレスが溜まっていたので、ユーウェとイチャイチャしてやる気を溜めていたのである。

決して、クロウが謝りにくるのを待っていたわけではない。まぁ……彼は来なかったわけだが。

結局、奴にとって僕はその程度だったということなのだろうか……。

「…………………」

……さて、なぜ僕がギルドに来たのか。それは、パーティーメンバーを探すためである。

正直、今の僕ならば三階まではソロでも探索は可能なのだが、それでもなおパーティーを組むのには大きな理由が二つあった。

一つは、純粋にその方が安全だから。

魔物という常識はずれな生物が徘徊《はいかい》する迷宮を一人で探索するのは、極めて危険な行為だ。

視界の利かない薄暗い通路。野生故の、独特の気配のなさ。敵の襲来を悟った時には、既に致命傷を食らっていた、なんて事態も珍しくない。クロウのような人間離れした感覚を持ち合わせてでもいない限り、迷宮を一人で探索するのはもはや、罰ゲームである。

第二の理由。それは、協調性を身につけるためだ。

――迷宮に潜む最も恐るべき魔物の名は、『仲間』である。

とある高名な冒険者が残した有名なセリフだ。

迷宮探索において、時に戦闘力以上に重視される要素。それが協調性だ。

いつ魔物が襲来してくるかもしれない迷宮内で、やたらわめき散らす奴がいたら？

戦いに次ぐ戦いで身心ともに疲労し、ピリピリした雰囲気で、わがまま放題の奴がいたら？

苦難の末に迷宮から帰還し、いざ戦利品を分配しようとした時に分配をごねる奴がいたら？

それだけじゃない。前衛が、しっかりと後衛を守れなかった時。魔力持ちが、適切なタイミングで魔法を使えなかった時。誰もが嫌がる魔石回収の順番をサボった時。うっかり必需品を用意し忘れた時。

些細《ささい》なきっかけが、パーティーの崩壊を招き、時には殺し合いにも発展しうる。

それが、迷宮探索なのだ。

そして、僕に最も足りない要素が、その協調性だった。

もし僕に協調性があったなら、いじめられっ子なんてしていない。

まぁ、僕には他にも勇気、決断力、忍耐、思慮、その他もろもろが足りていないのだが……いずれ身につけていくつもりだ。

そのまず第一歩として、僕は赤の他人とのパーティー結成を課題としたのだ。

……しかし。

僕は今、ギルド内にあるパーティー募集板――通称・パテ板の前にいた。

(うーん……予想以上にたくさんあるな)

僕が見ているのは、その中でも臨時パテ板というものだ。

パーティーにも、当然長期にわたって組まれるものと、即席で結成され短期間の探索を目処《めど》にしたものの二種類がある。

基本荒くれものの多い冒険者たちが長期にわたって協力していける例は稀《まれ》で、パーティーとは通常この臨時パーティーを指す。

組まれる期間は、パーティーによって様々だが、最短一回。長くても十回がほとんどだ。

即席で組まれるだけあって、信頼関係などは皆無だが、その後腐れのない関係故に、冒険者たちには好まれている。

反面、探索における揉《も》め事も多く、迷宮内のトラブルは自己責任となるため、いささかリスキーな面もあった。

さて、そのパテ板には戦闘力の目安としてそれぞれの冒険者たちの簡易ステータスが貼られている。

形式は、ネット掲示板のスレッドに似ているだろうか。

まず、一番上に、探索の目的。その下に、募集主の簡易ステータス、備考などが載っている。

一つ試しに挙げてみるとしよう。


【四階層、スライム討伐】
■ケセ＝ランパセルァン
■レベル5／前衛／長剣／生命3、筋力3、反応2

■スキル：【丈夫】
『依頼：スライムの欠片《かけら》集め達成のための魔力持ちを募集中。魔石は魔力持ちだけで分配。依頼達成報酬はこちら半分取り。目標数に達成するまで、何度も探索することになると思われるので、達成まで付き合えるものを求む』


といった感じだ。

この下に、
■クレイ
■レベル2／後衛／魔力／魔2
■ニヤ
■レベル1／後衛／魔力／魔1

というように、希望者が自身の簡易ステータスを貼り付けていく形式となる。

希望者のレベルが、階層に比べて低いのは、魔力持ちしか活躍できない四階層のみの探索だからだ。

高レベル冒険者が、守ってくれて、スライムに魔法を使うだけのスライム討伐は、駆け出し魔法使いの小遣い稼《かせ》ぎとして、よく利用されている。

さて、ここで僕が迷っているのは、僕に当てはまる条件のパーティーがないから――ではなく、むしろその逆。あまりに多くてどれを選べばいいかわからないから、である。

冒険者になった頃にも説明したことだが、魔力持ちの冒険者、というのはどこのパーティーでも優遇される。

それは裏返すと、魔力持ちの冒険者は品薄、ということでもある。

よって、パーティー募集には、『魔力持ち歓迎。レベル問わず。駆け出しの方でもお気軽にどうぞ』という一文が並ぶことになる。

付け加えれば、僕の今のレベルは5。これは、冒険者の階級で言えば中堅に当たる。

このクラスの魔力持ちとくれば、一流冒険者の長期パーティーにも、潜り込めないこともないレベルだ。臨時パーティーなら、大抵のパーティーには歓迎される。

しかし、ここで問題なのが僕のレベル5という数字は張りぼてだということだ。

レベル相応のベテランパーティーに入った場合、収入こそ高く貴重な経験を積むことができる反面、それ相応の働きを求められることとなる。

レベルは高くともキャリアは浅い僕が、ベテラン勢の要求に応えられるとは到底思えず、要求に応えられるようになるまで、肩身の狭い思いをすることとなるだろう。

よって、こちらはハードコースということになる。

一方、格下のパーティーに入った場合、肩身が狭い思いをすることはないだろうが、今度は逆に周《まわ》りは未熟者ばかりで少々頼りない。

だが、全体的に難易度は低く、こちらはソフトコース、という感じだ。

どちらも一長一短。成長のためを思えば前者、身の丈を考えれば後者だが……。

…………僕は考えた末、後者を選んだ。

やっぱり、いきなりハードコースはキツすぎるよね。

クロウと別れて初日なわけだし……。難易度はできるだけ下げた方がいい。

………こうやって、できるだけ楽な方に逃げる癖《くせ》はなかなか治りそうにないな。

いやいや、僕は堅実なだけ！　むしろ身の程をわきまえず、命を危険に晒《さら》す方がよっぽど愚か。

「でしょ？　クロウ」

パッと後ろを振り返るが、当然彼はいない。

僕の後ろからパテ板を見ていた男が、ギコッとした顔をしていた。

……し、しまった。いきなりやってしまった。

これは恥ずかしい。他人と飯を食っている時に、「お母さんそれ取って」と言ってしまうくらい恥ずかしい。

ここに来て以来、ずっとクロウと一緒にいたため、妙な癖ができてしまっているようだった。

僕は羞恥に顔を赤くすると、適当に目についたパーティー募集に用紙を貼り付け、その場を逃げるように去っていったのだった。


翌日。

僕は臨時パーティーの集合場所へと向かっていた。

昨日あれから再びギルドのパテ板に行ったところ、無事パーティー申請が受理されていたからだ。

募集人数が多すぎたり、適正レベルを外れていたりすると、魔力持ちとは言え落とされることもあるので、無事受理されているのを見た時は安心した。

パーティーの集合場所の酒場に着くと、そこにはすでに他のメンバーが揃《そろ》っていた。

三十代後半ほどの中年男が一人。二十代前半の男が二人。三人とも鎧《よろい》と剣を身につけており、近接系と思われた。若い男の一人は、背に弓矢を装備しているので遠中距離も行けそうだ。

そちらに近づいていくと、僕に気づいた彼らは目を丸くした。

「もしかして……魔力持ちの？」

弓矢を装備している男が、問いかけてきた。遠目ではわからなかったが、この男狐《きつね》にそっくりである。目を丸くしてもなお、かなり細い。僕はこの男を内心で、キツネと呼ぶことにした。

「はい。主に魔法使いのレンです。よろしくお願いします」

初対面では挨拶が重要なので、しっかり頭を下げる。ところが、返ってきたのは笑い声だった。

「主に、って……面白いね、君。俺は主に短剣使いのオックス。たまに弓も使う。よろしく」

「俺はベイブ。主に大剣使いだ。たまに盾も使う。よろしく」

「俺は主に長剣使い。たまに短剣も使う。名前はモンク。よろしく」

キツネのオックス、中年で豚面のベイブ、猿顔のモンクが、立て続けに僕の自己紹介を揶揄《からか》うように真似《まね》て自己紹介をしてきた。

僕は少しばかり顔をひきつらせながらも、黙って頭を下げた。どうやら僕の自己紹介はかなりおかしかったらしい。

「さて、全員そろったところで今日の作戦を説明する。とりあえず、リーダーは募集主でベテランの俺がやるが、いいな？」

ベイブが、腕を組ながら偉そうに言う。僕はもちろん文句がなかったのでコクコク頷いたが、両隣の二人から微かに嘲笑の気配が漏れた。

一瞬僕はそれを自分に向けられたものかと身構えたが、すぐにそれがベイブに向けられたものと気づいた。

少し考え、気づく。ベイブは、かなり年をとっている。ベテラン、と自称していただけあって、冒険者歴も長いのだろう。だが、レベルは3とかなり低く、装備も草臥《くたび》れ、一見して三流冒険者とわかる。

冒険者には、通常十代後半から二十代前半になるのが一般的で、どんなにゆっくりしていても、およそ三年以内にはレベル5になるのが普通だ。

それができない人間は宝部屋組となり、細々と暮らしていくことになる。

ベイブは典型的な宝部屋組で、そのベイブが自分をベテランなどと偉そうに言ったのが、若くしてレベル3になった二人には滑稽に映ったのだ。

しかし、ベイブは二人の嘲笑の気配に気づかず――気づくような人間なら自分をベテランなどとは自称しない――反対意見が出なかったことに満足そうに頷きながら、作戦とやらを自慢げに語り始める。

僕はその姿を見て、嫌な予感を覚えざるを得なかった。

司令塔であるリーダーがメンバーに舐《な》められている、というのは百害あって一利なしだろう。

このパーティー……もしかしなくてもハズレかも。

そんなことを考えていると。

「――――ぃ。おいっ！　聞いてるのか?!」

「あー……や、ちょっとボーッとしてました、すいません」

ベイブに怒られてしまった。そんな僕をキツネがにこやかにフォローする。

「いいっていいって。このおっさんの話が長すぎんだよ。俺も意識飛びかけたから。簡単に言えば、本当は適当にオークをブッコロするだけのつもりだったけど、レンちゃんというレベル高い魔法使いがパーティーに入ってくれたから、宝部屋付近でたくさんのオークを一網打尽にして荒稼ぎしましょうね、って話。簡単でしょ？」

なるほど。ずいぶん長く話していた気もしたが、内容はそんなもんか。っていうか、かなり僕頼りの作戦だ。それとも、魔力持ち入りのパーティーはこんなもんなのだろうか。魔力持ちの役割は、主に保険的な側面が強いと聞いたのだが……。

「……付け加えて説明させてもらうと、あんたにゃ魔力を節約してもらうため、途中の戦闘は避けてもらう。勝手に魔法を使ったりするなよ。あと、俺の話は長くねぇ、殺すぞ、餓鬼」

ベイブが睨《にら》み付けるも、キツネは肩をすくめるだけだった。舌打ちするベイブ。

場に険悪な雰囲気が流れるが、猿は我関せずで、僕はオロオロとするだけだった。

こうして、パーティーは微妙な空気の中、迷宮へと向かうこととなった。


「レンちゃんはさぁ、どこの出身？　マジ可愛いよね。俺の実家なんてめちゃくちゃ田舎だからさぁ、レンちゃんみたいに可愛い娘見たことないよ、ホント」

「はぁ……」

キツネのマシンガントークに、僕は愛想笑いを浮かべ適当に頷く。

迷宮に入ってからというもの、キツネは衛星の如く僕に張り付き、ラジオのコメンテーターさながら僕に話かけてきていた。

夏場の羽虫レベルで鬱陶しいが、当然僕が強く言えるはずもなく。

僕唯一の特技である愛想笑いを連続で使用するはめになっていた。

だが、この愛想笑いはかなりの気力を消費するため、そろそろ堪忍袋《かんにんぶくろ》の緒《お》が切れそうだ。そして僕もそろそろキレそうだ。

加えて、キツネのお喋《しゃべ》り以上に不快なものがある。視線だ。

キツネをはじめ、ベイブ、猿の動物染みた好色な視線が僕の身体をなめ回すように見るのを、迷宮に入ってからというものひしひしと感じるのだ。

無論、バレないようにしてはいるが、女になって以来こういう視線には敏感で、すぐにわかる。

これがまた、不愉快で、僕の精神をささくれ立たせる。

性的な視線を感じるのはクロウも同じなのだが、彼らとクロウの視線には微妙な違いがある。

上手く説明できないのだが、あえて言うならクロウの視線は小学生がエロ本を隠れて見る感じで、キツネ達の視線は、痴漢が獲物を物色する視線、という感じか。

どちらが不愉快かは、言うまでもないだろう。

「あ、わかった、王都の方でしょ。ここも迷宮あるだけあってかなり都会だけど、王都はレベル違うからね。王都の方はおしゃれな娘が多いって聞いたけど、レンちゃんもかなり気合い入ってるよね。迷宮でそんな綺麗《きれい》な服着てる人、初めて見たよ。もっとも、迷宮に潜る女がそんな服着ても豚に真珠。嘔吐《おうと》物だけど。あ、もちろんレンちゃんは別だよ？　初めて見たとき天女が舞い降りたかと思ったよ。いやいや、お世辞じゃないってホント。なんだかいい匂いもするしさ。迷宮ってマジ匂いキツイんだけど、レンちゃんの周りだけなんか悪臭が消えるんだよね。あれ？　もしかしてなんか魔道具使ってる？」

「…………………」

僕がイライラを抑えている間にも、キツネのお喋りは続く。しかしよく喋る奴だなぁ。心底辟《へき》易《えき》する。こんなにセリフ長い奴なんて、ブラウ以来だよ、マジで。そういえば、コイツ何処と無くブラウに雰囲気が似てるかも。……気のせいか。

「その服もかなり高そうだけど、もし魔道具なら桁が一つは違うよね。レンちゃんってけっこういいとこの出なの？　それとも自分で稼いだとか。だとしたらレンちゃんってけっこう凄腕だったりして。レベル５って言ったけど、冒険者になってまだ月日浅いんでしょ？　それでレベル５って凄いな。それとも強いレアスキル持ってるとか！　アタリ？　ね、ね、アタってた？　俺の勘」

一瞬、キツネの発言に違和感があったが、それもすぐさま怒《ど》涛《とう》の口撃に押し流された。

すでに僕の気力は切れ、愛想笑いも消えてただ適当に聞き流すだけなのだが、キツネは気にもせずしゃべり続ける。

それだけに、キツネの次の発言は不意討ち気味となった。

「レアスキルと言えばさぁ、知ってる？　グレーターデーモンを倒した冒険者の噂《うわさ》。あれ、実は低レベルの新米冒険者だったらしいよ。しかも、二人ともかなりのレアスキル持ちで、うち一人は、今までギルドでも確認されたことのないレアスキルを、いくつも持ってたんだってさ」

ギクリ、と背筋が強張った。僕のことだ。思わず顔がひきつる。どうやら、僕たちのことはかなり噂になっているらしい。当然だ、何十年振りかに出た、爵位殺しなのだから。……まぁ実際は殺してないけれど。

そんな僕の内心を知ってか知らずか、キツネのお喋りはとどまるところを知らない。

その上、話題は徐々に適当に頷くだけでは流せない、厄介なものとなってきた。

「そういえばレンちゃんの得物《えもの》はなんなの？　魔力持ちだからやっぱりスリング？　見たところ持ってないみたいだけど。あ、それとも意外に近接もイケるとか」

その言葉に僕は答えに窮した。

僕の武器は、魔法以外には財宝神の蔵を利用した剣山の罠《わな》くらいだ。だが、それをそのまま言うわけにもいかない。

とは言え、魔法一筋というのも少々恥ずかしい。

基本的に、魔力持ちもスリングや弓をはじめとする遠距離武具などで戦闘に参加するものだ。少数精鋭が基本の迷宮探索において魔力持ちと言えども遊ばせておく余裕はない。

つまり魔力持ちが、魔法一筋と言うのは、ただパーティーに同行するだけの無駄飯食らいということを指し、魔力持ちの中でも〝ハズレ〟扱いとなる。

とはいっても、財宝神の蔵のことは言うわけにはいかない。そして何よりも、迷宮内において実力の鯖《さば》読みは、万死に値した。

もし貧弱な奴が盾役となったら。弓が下手なくせに後衛になり、味方に矢を当てたら。魔力持ちでもないのに、魔力持ちのフリをしたら。

考えるだけでゾッとする話だ。

ゆえに、もし迷宮内においてパーティーに実力の鯖（無論、実力を隠すのは問題ない）を読んだ冒険者がいた場合、たとえパーティーが無事だったとしても、ソイツは必ず制裁を受ける。

ここは恥を忍んで正直に言うしかないか……。

「だ、ダガーとか、かな？　あはは……」

だが気がつくと僕は少しばかり見栄を張っていた。

あ、あれぇ、おかしいな。口が勝手に……。

額に汗が浮かび、目がバシャバシャと泳ぎ出す。

ま、マズイマズイマズイ。またやっちまった。どうして僕は要らぬ見栄をすぐ張ってしまうんだ……！

過去に犯した数々の黒歴史が脳裏にフラッシュバックする。

友人と話していて、シルバーアクセに詳しくもないくせに知ったかぶりをして恥をかいたこと。

好きな女の子と話すことができて舞い上がり、ろくに知らないミュージシャンが好きと言ったら、偶然その女の子がそのミュージシャンの大ファンで、すぐにバレたこと。マンガ、ファッション、映画……僕の犯した過ちは多岐にわたり、そのすべてが鮮明に脳裏に焼き付いている。どうして忘れたい思い出ほど脳ミソに残ってるんだろう。きっと、定期的に思い出してしまうからに違いない。

そして今、世界を越えて、過去の過ちが繰り返されようとしていた。

過去の経験則により、この後の展開が手に取るようにわかる。

いつも僕の話などろくに聞かず、愛想笑いでスルーする奴ら……。奴らは、僕が知ったかをした時に限って必ず食いついてくるのだ。そう、それはあたかもサバンナのハイエナの如く……。

「あ、ダガー？　なるほど、ダガーは力のない女の子でも使える良いチョイスだよね。俺もホラ、弓使いだから懐《ふところ》に入られた時のためにダガーを装備してるんだよね。だから結構ダガーには詳しかったりして。レンちゃんはどこの工房のものを愛用してるの？」

ホラきた。僕は頬をひきつらせる。もはや、ダガーをアクセに置き換えても通じるくらい、かつてのパターンと一致する。

そして止せば良いのに僕はさらに嘘《うそ》を重ねてしまうのである。

わかっていても止められない、これが思春期の悲しき見栄なのである。

そしてそんな下らない見栄が、状況を改善することは決してないのだ。

「べ、ベラン武器工房、かな？」

唯一知っている武器工房をあげる僕に、キツネはさらに食いついてきた。今までつれない返事ばかりだった僕が、ちゃんと受け答えするようになったことで手応えを感じたのだろう。

だが残念、僕のキツネに対する好感度は駄々下がりだ。

「ベラン武器工房！　さすがレンちゃん目のつけどころが違うね。あそこのケレッソ式ダガーは、芯をフェザーアルミにして刃の部分だけダマスクス性にすることで、かなりの軽量化と、耐久性の向上を実現した一品って冒険者の中でも有名なんだよね。駆け出しの頃は多少値が張るけど、やっぱり命に替ええられるものはないっていうか。何を隠そう俺のダガーも、ケレッソ式ダガーなんだ」

「へ、へぇ……、き、奇遇だなぁ」

「ほんと奇遇だよね、レンちゃんもケレッソ式なんだ？　どの型式使ってるの？　ちょっと見せてよ」

「あ、いや。僕のはケレッソ式じゃない奴だから」

「へ？　ベランにケレッソ式以外のダガーってあったたっけ？」

首を傾げるキツネ。冷や汗が倍増する僕。滅びは徐々に迫りつつあった。

「もしかして、新しい武器職人が入ったとか。もしそれな「……チッ」ら――なんだ？」

通路に大きく響き渡る舌打ち。

それに僕はビクリと肩を震わせ、キツネは興を削がれたように眉をしかめ、猿を見た。

「べらべらとよく喋る野郎だな。迷宮でこんなに緊張感のない奴は初めてみるぜ。今まで魔物に一度も出会ってないのが奇跡だな」

唾を吐き捨てるように言う猿に、ベイブも同意するように頷く。

キツネの眉間に皺《しわ》がより、雰囲気が険悪なものとなった。

「……てめぇらがむっつり黙り込んでるから、俺が雰囲気を良くしようと思って気を使ってやってんじゃねぇか」

「頼んでねぇから。むしろてめぇのお喋りのせいでこっちはイラついてんだよ。そんなにお喋りが好きなら冒険者じゃなくて坊主になれ、坊主に。天職だろ」

「――あ?」

「あ? じゃねぇから。お前が凄んでも全然怖くねぇんだよ、雑魚が」

「雑魚はてめぇだよ、ゴブリンみてぇな面しやがって」

嘲笑。猿が一気に殺気立った。その姿は、いっちゃあ悪いが確かにゴブリンに似ていた。

「殺すぞ……!」

剣に手を掛ける猿。それに対しダガーを抜き放つキツネ。そしてガクブルと震える僕。

そこにベイブの怒声が鳴り響いた。

「いい加減にしろっ! ガキどもが!」

その言葉に、キツネは一緒眉をしかめた後、一瞬僕を見てダガーを収める。それを見て猿も武器を収めた。

ベイブは、キツネに歩みよるとガッと顎を掴《つか》み、ドスの利《き》いた声を出した。

「いいか？　てめぇはもう、俺の許可が出るまで一切口を開くな。迷宮でべらべらしゃべりすぎなんだよ、ガキが」

そう言ってキツネを突き飛ばすと猿へと向かう。猿に対しても同じように恫喝《どうかつ》すると、ずんずんと先に行ってしまった。

それをキツネと猿はしばし睨み付けていたが、やがて決して目を合わせぬまま歩き出した。

もう……ヤダ、このパーティー。

僕はため息をつくと、トボトボと彼らの後をついていった。


そうしてたどり着いた三階層。

道中一度も魔物に遭《あ》わずに済んだにもかかわらず、僕は凄まじく疲労していた。

なんだか、いつもの三倍近い道のりを経《へ》たような気さえする。

クロウと潜っていた頃は、往復してもなお元気があり余り、疲れる時は迷宮で身体を求められた時ぐらいなものだったのだが……。まぁ、戦闘、索敵、戦利品回収。すべてを彼一人でこなしていたのだから、僕が元気だったのも当然か。

なくなって初めてわかる大切さ。改めて、僕はクロウの大きさを認識せざるを得なかった。

そして、そんな僕の疲れの元凶どもは、相も変わらず険悪な雰囲気のまま、辺りの警戒を行っていた。

そこに、協調性などという文字は、全く見当たらない。

はて、僕は確か協調性とやらを身につけるためにパーティーに入ったはずなのだが……。

どうやら、協調性とやらは都市伝説の一種だったらしい。

僕が内心皮肉っていると、ベイブが僕を呼んだ。

そちらを見ると、彼は三階層の地図を開いているところだった。地図によると、宝部屋は今の位置からかなり近いようだ。

「まず、この宝部屋に集まっているだろうオークを一掃する。手順としては、オークの数が少なければエーリカの束縛を、多ければレベル2の攻撃魔法を使ってくれ。魔石の回収が終わり次第次の宝部屋に向かい、再び一掃。その時魔力量がゼロなら帰還。一なら適当に遭遇したオークにエーリカの束縛だ。わかったな？」

僕が頷くと、ベイブはニヤリと笑い地図をしまうと歩き出した。

それから数分もしないうちに宝部屋に着いた僕らは、猿を斥候に出し、オークの数を確認する。

「豚は五匹だ」

「あと猿も一匹な」

斥候から戻った猿に、キツネが皮肉気に言い、猿が殺気立った。

それをベイブがうんざりしたように止め、僕に振り返る。

「五か、階段にも近いしこんなもんだろ。予定通りエーリカの束縛を使ってくれ。オークは耐性が低いから、上手くいけば簡単に倒せるだろ。数も少ないしな」

頷き、言われるままにエーリカの束縛をセット。

魔法陣の光でオークが気づくが、問題ない。

オークがこちらにたどり着く前にエーリカの束縛が放たれ、オーク達は皆もんどり打って倒れた。

「よし、上手くいったな。急げ、さっさと止めを刺すぞ」

そうベイブが声を掛けた時には、既に猿とキツネは駆け出しており、オークに止めを刺して回っていた。

ベイブはそれを少し不満気にみていたが、ふと僕に振り返ると言った。

「…………ああ、そうだ。悪いんだが、あんたのダガーを貸してくれねぇか？　うっかりダガーを忘れて来ちまってよ。この大剣じゃ、魔石回収が手間取る」

「あ、はい」

「ワリイな」

そういってベイブが魔石回収へと合流する。

すると、僕は何もすることがなくなり、手持ちぶさたになる。

本来なら魔石回収を手伝うべきなのだろうが、ダガーを貸してしまい、手段がない。

……というのは口実で、実際はダガーがあっても魔石回収などしたくないのだが。

だが、集団作業の際、何もせずに突っ立っている奴ほど目障りなものはいない。

猿もそれは同様のようで、所在なさげに作業を見守っている僕に、咎《とが》めるような視線を向けてきた。

「ボーッと突っ立ってないで、少しは手伝ったらどうだ？　お姫様か？　あんたは」

「あ、ダガーをベイブさんに貸しちゃってて……」

「ダガーを……？」

猿は一瞬眉を跳ねあげたが、やがて納得したように「へぇ……」と言った。

「なら、いいわ。……よ…よく考…たら…麗…まま…方が…都合…しな」

「え？　今なんて？」

「いや、何でもねぇ。あんたは回収には参加しなくてもいいわ。力もなさそうだしな」

「……はぁ」

微妙に引っ掛かるものを感じたが、作業に加わらなくて済むならそれに越したことはない。

やがて回収を終えたベイブたちは、返り血を簡単に拭《ぬぐ》いとると、次の宝部屋へと向かう。

そこにはオークが一二匹おり、これらはレベル2のサンドラの炎嵐で一掃。

次の宝部屋もまた、同じように九匹のオークをレベル2のサンドラの炎嵐で皆殺しにした。

「ふぅ……」

業火により、完全に息絶えたオークを前に僕はホッと胸を撫で下ろす。

何度やっても、迫り来るオークには慣れそうにない。

魔法陣の完成が、少しでも遅れたら確実に訪れるであろう死。

その恐怖は決して色褪《いろあ》せず、毎回僕に新鮮な恐怖をプレゼントしてくれるのである。

実に要らないサプライズだった。

「ご苦労さん。おい、オックスは息のある奴がいないか確めてこい。モンクは周りに敵がいないか索敵だ。その後は……」

ベイブが意味ありげに、ニヤリと笑う。

いつもは不満げな二人も、すんなり素直に従った。

「？……そのあとは？　なんですか？」

「宝部屋を見てみりゃ、わかるぜ」

ねっとり、と、本物の豚のような眼をするベイブに、おぞましいものを感じながらも、素直に宝部屋へと向かう。

だが、そこには何もなく、ただ食い散らかされたオークの餌《えさ》があるだけだった。

「……何もないみたいですけど」

「あるさ。極上の宝が、なッ！」

「――――ッ!?」

突如、突き飛ばされ押し倒される。

「何を……?!」

目を白黒させる僕に、ベイブは不敵な笑みを浮かべる。

「てめぇのレベルは5。使った魔力も5。そして、愛用のダガーはさっき俺が預かった。

……さすがにノータリンのあんたでもわかるよな?」

「…………………」

…………………ま、まさか。

スーッと血の気が引くのを感じた。ゾワリと鳥肌が立ち、胸がざわつく。心臓が、嫌なペースで脈動するのを感じた。

「たまんねぇなぁ……。こんな極上の女、初めてだ」

「ひっ」

ベイブが、発情した豚のようにふごふごと鼻を鳴らしながら僕の首筋に舌を這《は》わす。思わず、女のような悲鳴が出た。

リアルに僕は泣きそうだった。心のそこから、貞操の危機を感じていた。

こんな豚に犯されるかと思うと、死より恐ろしかった。

ベイブの、芋虫を連想させる太い指が僕の胸へと伸び、服を引き裂いた。形の良い豊かな乳房が、プルンとこぼれ出る。

声無き悲鳴が喉から出る。頭が真っ白になり、完全にパニックになり掛けた瞬間。

「――おい」

宝部屋に男の声が響き渡った。

ハッと声の方を向く。聞き覚えのある声。

そこにいたのは――――。

「クロ……!?」

――ニヤニヤとした笑みを浮かべるキツネと猿だった。

「あ…………」

……正直なところ、声が聞こえた時、僕は「助かった」と思った。

クロウが駆けつけてくれたのかとすら思った。

小説や漫画のような、劇的な展開。もしクロウが……いや、たとえ知らない誰かでも助けに来てくれたならば、僕はその人に惚《ほ》れる一歩手前までいったかも知れない。

だが、そんな都合の良い展開などありはしない。ここはファンタジーの世界だが、そこにも確かに現実が存在する。ファンタジーなりの、リアルが。僕はそれを思い知らされた。

現れたのは正義の味方ではなく。

新たなレイパーだった。

「おいおい、もう始めてんのかよ、勝手に先走るなよな」

キツネが、ヘラヘラと笑いながら言った。

それに対しベイブは振り返ると自慢げに言い放つ。それはまるで、新しいオモチャを見せびらかす子供のような笑み。

「俺が一番最初に使う予定だったはずだ。ならいつ始めたって俺の勝手だろう」

「チッ」

舌打ちする、猿。そんな彼の肩を苦笑しながら叩《たた》くのは、仲が悪かったはずのキツネだった。

こいつら仲が悪かったんじゃ……？

「そんなにむくれんなよ、最後だからってさ。他の奴の後も、いい具合に膣《ちつ》が解《ほぐ》れてていい感じだぜ？　どうせ何回もやるんだ。最初だの最後だの気にするほどじゃねぇだろ」

「俺ぁ他人の精液が混じってんのってどうしてもダメなんだよ。おい、絶対俺がヤるまで膣内に出すなよ」

「ソイツは保証できねぇな、これほど上物だとよ」

和気あいあいと話す彼ら。

そんな彼らを見て、勝手に口が動いた。

「どうして……？」

「あん？」

「仲が悪かったはずじゃ……？」

呆然《ぼうぜん》とした僕の問い。それにハッ、とベイブは笑った。

「ありゃあ、モンクの奴が最後って決まっちまったからイライラしてただけさ。オックスの奴が、今後あんたを自分の家で飼うってご機嫌だったのも、余計モンクはイラついたんだろうな。別に俺らの仲は悪かねぇよ。なんてったって」

ベイブはそこで一旦言葉を区切り、くるりと二人を見回した後ニヤリと笑い。

「同じハイエナックルの仲間なんだからな」

「――――…………」

その発言に、僕は思考が停止した。

ハイエ……なに？　こいつら今なんて……？

「あの日あんたを見たときから俺達ゃあんたに夢中だったんだぜ？　ハイエナックルの所有物になる、って聞いたときゃあ小躍りしたもんだ。それをどうやったか、巧《うま》いことやりがって……おかげでこっちは欲求不満だ。なぁ、ここだけの話、どうやってグレーターデーモンを倒したんだ？　今日一日あんたを見てた限りじゃ、とてもグレーターデーモンを倒せるようには見えねぇ。あの剣士がそれほど強ぇのか？　それともやっぱり噂通り、凄腕冒険者と相討ちになったのを漁夫の利してきたのか？」

興味津々といった様子のベイブ。そんな彼に、少しだけ冷静さを取り戻した僕は、質問には答えず逆に問い返した。

「……金貨百枚は、確かに払ったはずだ」

その言葉に、三人はわずかに怯《ひる》んだようだった。

「確かに……ブラウさんに知られちゃちょっと不味い。あの人は規律に異常に厳しいからな。だが、グループに関係ない、個人的な関わりなら、ギリギリセーフだろ？　それに何より……」

ベイブはその醜い顔をより醜悪に歪《ゆが》めながら、鼻と鼻が触れあうまでに顔を近づけた。

「バレなきゃ問題ねぇ、だろ？」

その目は、言外に「だからお前も宝部屋を狙ったんだろ？」と物語っていたように思えた。

「さて、と。そろそろお楽しみといきますかね」

ベイブがズボンを脱ぎながら言い、それで僕はいよいよ危機感を募らせた。

こんな豚にレイプされる。いや、それどころか、この三人に連続で犯され続けその後はキツネの家に拉致され性玩具として扱われ続けるのだろう。

僕の中の男性の部分が、その想像にリアリティーを与え、僕の中の女性の部分が、恐怖に拍車を掛けた。

その恐怖に突き動かされるように僕は反射的に魔法を唱え始める。そこに、人を殺すであろうことへの禁忌やら、躊躇《ためら》いなどはなかった。そんな余裕など、僕の脆弱《ぜいじゃく》な精神には存在しなかった。なんせ、この場で一番有力な手段である財宝神の蔵が頭に浮かばないくらい、テンパっていたのだから。

「ふぁ、ふあいあ」

恐怖で、呂律が回らない。ベイブの顔が驚愕《きょうがく》に歪んだ。

「なっ！」

「〝サンドラの炎嵐〟、セッ…ガベッ」

ドゴッと顔面に衝撃が走った。まるで火に炙《あぶ》られたかのような熱が生じる。経験したことのない感覚。少し呆然とした後、僕は殴られた、ということに気づいた。

な、殴られたのか？　僕は……コイツに……？

顔面をおもいっきり殴られたのは、生まれて初めてだった。経験のない痛みに、頭が混乱しているのがわかる。

「はぁっはあっ」

焦《あせ》りからか、額に汗を浮かべるベイブ。

キツネが、驚いたように言った。

「まだ魔力が残ってやがったのか……レベル5って聞いてたんだが……ガセ掴まされたか？」

「はぁーはぁー……こ、このアマッ」

焦りから立ち直ったベイブは目を血走らせると、素早く僕に馬乗り――俗に言うマウントポジションを取ると、大きく腕を振りかぶる。

「ヒッ」

僕は咄嗟《とっさ》に顔を庇《かば》おうとしたが、二の腕を膝で押さえられており、手が顔まで届かない。

ベイブの拳は、ノーガードの僕の顔面へと吸い込まれるように叩きつけられる。

「ガッ」

ぐしゃり、と鼻が潰れるのがわかった。鼻血が溢《あふ》れ、生理的に溢れ出る涙が、視界を歪める。

だが、ベイブはそれでも怒りが収まらないのか、執拗《しつよう》に僕の顔を殴り続けた。

「あぎッ、ヤベッ、ゥゴッ」

「クソがぁっ」

「ガッ、グペッ、ゴッ、ゴベンナッ、アグッ……！」

「雌犬の分際で調子に乗りやがって……！」

「ガベッ……ヤベッ、ヤベッッテ！　ガプッ、ギャァ……！」

「魔法だと…？　俺たちを焼き殺すつもりだったのか、玩具の分際で！　ヴァッ？」

「グッ……………ッ……ッ……アガッ」

「てめぇはッ！　ただ！　俺たちの好きなようにッ！　されてりゃ、いいんだよッ！　聞いてんのか雌豚ァァァア――――！」

「お、ぉい……その辺に……」

「ハァーッ、ハァーッ、ハァーッ」

「………ぅぐ、ぁ……」

僕は、殴られ過ぎて朦朧とした意識の中、「顔がぐしゃぐしゃになっちゃったな」とか、「せっかく美少女になったのに勿体《もったい》ないな」とか「この顔の傷は一生物だろうな……これから一生顔を隠して生きてくのかな？」とか考えていた。

痛みと恐怖が一回りし、僕の心境は諦感に近いものとなっていた。

ただ、なぜだか無性に悲しく、虚無的で、自然と涙が出てきた。

「あーぁ……ひっでぇな、こりゃ。ぐしゃぐしゃじゃねぇか。勿体ねぇ」

猿が、僕の顔を覗《のぞ》きこんでいった。

「どーすんだ、え？　ベイブさんよぉ。勝手に女潰しやがって」

キツネが、怒気を孕《はら》ませてベイブを振り返る。

ベイブはバツが悪そうに顔を逸らした。

「……チッ。女なら外にもいるだろ」

「わかってんだろーが。これほどの上玉は滅多にいねーんだよ、クソがッ！　……あーぁ、どうする？　皮袋で面隠せばなんとかイケねぇか？　身体も良い感じなんだからよ」

キツネの発言に、猿は頭を掻《か》く。

「さすがにこれだけぐちゃぐちゃだとな……途中で思い出して萎えるわ。もういっそ捨ててくか」

「それもちょっと勿体ねぇ、つうか……そうだ！」

キツネは、名案だ、という風に手を叩くと、剣を抜き僕に突きつけると言った。

「あんた、まだ魔力残ってるよな？　さっき唱えられなかったんだからよ。それで回復魔法使え……な？　もし余計な真似したら、殺す。いいな？」

僕が頷くと、キツネは満足げに笑った。

「〝パルミラの癒し〟………術式構成《セット》」

魔法陣が空中に描かれていくのを見ながら、僕はどうしてこんな理不尽に遭っているのだろう、と思った。

僕がバカだからだろうか。それもあるだろう。

自分の容姿を自覚せず、無警戒に危険な迷宮へと潜っていった。

もっとも、僕を襲って来たのは、魔物ではなく仲間であったはずの冒険者だったが。

『――決まりごとが守れない奴は、人間じゃあない。魔物だ。魔物は、殺す。それが、冒険者の仕事だろう？』

ふと、いつかのブラウのセリフを思い出した。

あぁ、そうか。どうして僕がこんな目に遭っているのか。簡単なことだった。実にシンプルだ。笑っちゃうくらい、単純なことだった。

僕が襲われるのも当然のことだ。だってコイツらは、人間じゃあない。魔物だ。魔物は、殺す。それが、冒険者の仕事。……だろう？　ブラウ。

――コイツらは、敵…だ。

そう認識した瞬間、スイッチが切り替わった。

精神は目覚めたばかりのように平静となり、顔を蝕《むしば》む激痛も取るに足らないものとなる。

なぜこの程度の傷で諦め、屈服してしまったのか、自分でも不思議でならない。

とはいえ、傷はないに限る。

すでに魔法陣は完成しているので、さっさと治療してしまうとしよう。

「〝パルミラの癒し〟、術式起動《ファイア》」

心地よい深緑の光が、顔の傷を癒す。それにうっとりとしながらも、現在の状態を振り返る。

とりあえず、精神状況から鑑《かんが》みるに、おそらく【高慢】が再び発動したのだろう。

【高慢】は、相手が魔物で対象は一体と判断していたのだが、この通り敵と認識し、敵の総合戦闘力が僕を超えていた場合、発動できるようだ。

さて、【高慢】により、意思がブーストされている現在、以前グレーターデーモンと戦っているうちは気づかなかったことに色々気づく。

まず、僕の所持しているスキルだ。

僕は、意思がブーストされていることにより、【魅力】【淫魔の肌】等のスキルを、より高度なレベルで使いこなせるようになっていることに気づいた。

意思のステータスは魔法や技能の一部の操作能力などに関連するので、そのためだろう。

「……………」

目の前で、僕を犯す順番について話し合っている魔物どもを見る。

暴力により屈服させた僕なんぞ、脅威でも何でもないということなのだろう。

手足の押さえは解かれ、首もとにダガーが突き付けられているのみ。

魔物どものベイブとかいうオークの亜種と見られる個体は、僕を著しく傷つけた罰として一番手を外されたらしい。今はオックスとモンクという個体同士が魔物らしく醜く言い争っているのを、ダガーを僕に突き付けながらふてくされて見ていた。

……この魔物どもを、一掃するのは簡単なことだ。財宝神の蔵を使えばいい。

だが、こうして新たなスキルの使い方を知った今、この魔物どもは実験台として魅力的に思えた。

何が良いって、死んでも困らないというのが実に良い！

手始めに、僕にダガーを突き付けている最も危険度が高いと思われる個体から、試してみることにしよう。

「ん？」

まぬけ面で振り返るベイブの頭をわし掴《づか》みにし、【淫魔の肌】の効果を指先に一点集中させる。

普段は肉体全体に均等に分配されている快楽が五指に凝縮されたそれは、もはやベイブの脳に快感という概念のみを叩きつける行為だった。

「あ、ガ。ガガガ……ガ――――！」

無論、そんな脳ミソに直接電極をぶっ刺されて、反応のみを引き出されるような真似をされて無事で済むわけがなく。

「プギィィィィーーーー!?」

ベイブは白目を剝き、まさに豚のような断末魔の叫びを上げた。額に血管を無数に浮かび上がらせながら鼻血を止めどなく流し痙攣《けいれん》。股間の逸物からは、失禁かと錯覚するほど止めどなく精液が噴出し続け、ズボンを染め上げてゆく。

実に滑稽だ。

「なッ!?」

「てめっ!」

ベイブの異変に気づいたオックスとモンクが、警戒心も顕に武器を構える。

「なっ、何してやがる！　ベイブから手を離せッ」

弓を構えながらそう言うオックスの目には、得体の知れないものを見るような恐怖が、隠しきれなかった。

「…………………」

「離せ、つってんのが聞こえねぇのか！」

僕が黙って彼らを見つめていると、モンクが怒鳴声をあげる。それは、誰がどうみても虚勢だった。

「ふっ」

僕は冷笑しベイブを放す。ドサリ、と重い音を立てて彼は倒れた。

ビクンビクンと痙攣するベイブの表情は常軌を逸したものであり、まさに廃人というに相応《ふさわ》しい。

一目で、社会復帰は不可能と見るものに確信させた。

そのベイブを見て、恐れに息を飲むモンク。

目が、合った。

その瞬間、僕は【魅力】をすべて瞳に集めた。

まるで金縛りに遭ったように釘付けとなるモンク。

強すぎる魅力は、やがて呪いと変じ、魅了と化す。

とろんと瞳を蕩《とろ》けさせたモンクは、もはや僕の虜。親を殺せと言えば親を殺し。自害しろと言われれば自害する。

僕の虜となったモンクに、僕はそっと唇だけで指示を出す。

――そいつを殺せ。

反応は、劇的だった。

僕に剣を向けていたモンクは、一転翻《ひるがえ》り、後ろのオックスへと剣を振り下ろす。

「なっ!?」

完全な不意討ちとなったそれにオックスは対応できず、辛うじて身体を捻ることができたものの、左腕を切断された。

反射的に短剣を抜き放ち、構えるものの、その顔に浮かぶのは困惑。

「てめぇ何を……!?」

問いかけるオックスに、しかしモンクは応えない。

その顔に浮かぶのは、熱に浮かされたような笑みのみ。

正気ではない。そう判断したオックスは、「魔女がッ」と吐き捨てると、思考を戦闘へと切り替えた。

そして始まる殺し合い。当初片腕を切られたオックスが、すぐさま殺されると予想していたが、意外や意外。オックスはとても片腕を切断されているとは思えない立ち回りで、モンクと互角に渡り合っていた。

その理由の一つに、モンクの動きの悪さがあった。

反応にステ振りしているであろうはずのモンクの動きは鈍く、下手すれば僕と同等程度の拙いもの。

とても先ほどまでと同一人物とは思えなかった。

魅了の弊害。

どうやら、魅了された人間の戦闘力は大幅に下がるらしい。

それを頭に刻み込んだ僕は、彼らから視線を外し、取り出した布で顔の血を拭きながらベイブの観察へと移った。

戦闘力が下がったとはいえ、オックスは手負い。そう長らく均衡を保てるわけでもない。戦えば戦うほど彼の動きは鈍ってゆくだろう。彼の敗北は、時間の問題だった。

それよりも、問題はベイブの状態だ。

全力で【淫魔の肌】を使用した場合、人体にどのような弊害が生まれるのかを、把握する必要があった。

解析を用い、ベイブの状態を調べあげる。

その結果分かったのが、ベイブの脳内の血管がズタズタに切れ、また心筋梗塞などの症状も併発していることだった。

理由は明白。常識ではあり得ないほど連続した絶頂。それにより、脳や心臓に多大な負荷を掛けられ、彼は廃人と化したのだ。

さらに、彼には失明、難聴、味覚障害、痴呆《ちほう》、内臓機能の低下及び機能不全、男性器機能の死などが今後予想された。

つまるところ、彼は人間としても男としても死を迎えたに等しかった。

しかし……同じような連続絶頂はユーウェもしているはずだが、彼女は一晩寝れば翌朝にはもうケロッとしている。男女の違いだろうか。……それだけではすまないものがあると思うのだが。

それだけ【淫魔の肌】がとりわけ男には強力に働くのか、ユーウェが特別なのか。

帰ったら調べてみよう。そう思っていると、ちょうど二人の死闘も終わりを迎えたらしかった。

勝者は、予想通りモンク。

だが、その姿は予想を裏切り、かなり痛々しいものだった。

左腕を失い、片目を潰され、全身に細かい切り傷が刻まれている。特に、唇から頰に掛けて大きく切り裂かれており、まるで口裂け女のようだ。

だが、そんな状態においてなお、彼の顔に浮かぶのは笑み。

まるでテストで百点を取った子供が、親に誉められるのを待つような、そんな顔だ。

そんな彼に僕は冷笑を浮かべると、次なる命令を出した。

「ご苦労様。じゃあ次はコレを始末してくれる？　そのあとはもう、死んでいいよ」

「ハイッ！」

満面の笑みで彼が頷くのを見た僕は、踵《きびす》を返しその場を後にする。

後ろで、何かが倒れたような音がしたが、振り向かない。

興味がないからだ。

そんなことよりも、今の僕には考えることがたくさんあった。

【高慢】【魅力】【淫魔の肌】。今日得た情報は、どれも黄金の如き価値のあるものだ。

わりと痛い目にもあったが、そういう意味では非常に有意義な一日だった。

ただ………。
もう当分パーティーはいいな。
僕はそう思ったのだった。

第二話　空疎《くうそ》な悦《よろこ》び

チートモードが切れた。

今の僕の状態を表すのは、それが最も相応《ふさわ》しい言葉だろう。

【高慢】の効果が切れ、意志の力が通常の僕に戻った瞬間、僕は塞き止められていた感情に翻《ほん》弄《ろう》された。

生まれて初めての、本物の悪意。子供騙《だま》しのような、日本の学生のいじめとは訳が違う圧倒的暴力。恐ろしかった。

回復魔法を用いても治りきらなかった顔の傷が痛む。それは口のなかが少し切れている程度のものだったが、僕はそれを治すのに魔力を十も使って執拗《しつよう》に回復魔法を掛け続けた。少しでも、先ほどの痕跡をなくすように……。

そして何よりも、初めて犯した殺人……。吐き気を催すような罪悪感があった。

僕は悪くない。客観的に見ても、充分正当防衛が適用されるだろう。あいつらはいつもあんなことをしていたに違いない、本物のグズだった。それは、最初に会った時の奴らの反応からもわかる。

あいつらは、最初僕に会った時、驚いた顔をした。それは、僕が来たことが予想外だった、ということだ。にもかかわらず、あそこまでスムーズに僕を犯そうとすることができたのは何故か。答えは簡単。奴らがやりなれていたからだ。

事前に、誰でもいい。女が来たならば、こういった手順で犯し、監禁する。そういった行為がマニュアル化されるまでに繰り返されていたからこその、あの手際の良さ。

今まで、何人もの女性が奴らの毒牙にかかってきたのだろう。そして、僕が今日殺さなかったら、これからもそれは続いていったに違いない。

それを踏まえれば、僕の行為はむしろ正義にすら値する。

僕は正しい。僕は正しい。僕は正しい。僕は正しい。僕は正しい。僕は……。

自分に何度も何度も言い聞かせるが、胸の罪悪感はなくならない。

何故ならば、その罪悪感こそが、僕が日本で培ったモラルだからだ。たとえ相手が死んで当然のクズでも、自分が殺したなら罪悪感を覚える。それが日本人だからだ。

だが、その日本人としての意識が、僕を追い詰める。僕の精神のバランスを崩壊させんとする。

このままでは、弱い僕の心は壊れてしまう。

だから僕は――キャバクラに行くことにした。

「お酒足りにゃいよー！　らにやっれんのー！」

「やーん、レンちゃんってば太っ腹ぁ」

「ムハハハ、そーゆうキャルちゃんも相変わらずおっぱいたゆんたゆーん！」

そう言って僕は隣に侍らせたキャバ嬢の胸元へと顔をダイブ。顔を左右に振り、その柔らかさを堪能《たんのう》する。

ふかふかですべすべの柔らかいおっぱいが顔に当たり、実に心地よい。「やんっ」とキャルちゃんは身を捩《よじ》らせるが、嫌がる素振りはない。

まぁ、ここはそういう店なので、嫌がるようなら失格なのだが。

ここは、いわゆるセクキャバと呼ばれるものに分類されるお店だった。

女の子達は皆、乳房と下半身が丸見えになる服を着て、お客に酒やら食い物やらを提供する。

お客が気に入った女の子を指名する形式で、もちろん人気のある娘ほど指名料は高い。

酒や食い物は相場よりもかなり割高……というかぶっちゃけボッタクリだが、女の子はおさわりし放題だし、追加料金を払いなおかつ女の子が同意した場合に限り、女の子を一晩お持ち帰りすることもできる（一見かなり女の子に配慮した良心的なシステムのようだが、アフターのために何度も客を通わせるという思惑であることは明白である）。

僕は当初、奴隷制が存在し、娼婦《しょうふ》の身請けということも可能な世界で、このようなボッタクリシステムが機能しうるのだろうかと疑問に思った。だが、実際通ってみれば、なるほど、なかかなか良くできていると納得せざるを得ない。

まず第一に、指名料は普通に娼婦を買うよりもかなり安く、女の子の容姿レベルがどれも皆相当高いこと。トップレベルの娘などは、ユーウェ以上の容姿を持つ娘すらおり、そんな娘らをヤれないまでもおさわりし放題なのだ。男なら、誰しも一度は試しに入ってみようかな？　と思うこと請け合いである。そして一度入った以上、常連となるのは言うまでもない。

そして第二に、女の子達のトークがかなり上手い。人見知りの僕でもわずか数時間で打ち解《と》け、また来ることを約束させられてしまったほどである。ちなみに、初めて来て以来、指名するのはキャルちゃん一筋だ。

キャルちゃんは、顔はこの店の中では平均レベルの女の子なのだが、胸が一番デカイ。とにかくデカイ。Ｈカップは確実にある。加えて、かなりの美乳。容姿は、大きな目がくりくりと可愛らしいアイドル系の顔立ちで、ふわふわの茶髪を肩ほどに切り揃《そろ》えている。身長は一五〇センチと小柄。巨乳に有りがちなウェストも巨乳という悲劇は存在せず、胸以外はスレンダーだ。まぁ、俗に言う、ロリ巨乳というヤツである。

彼女には、ユーウェにはないその有り余る母性で良く慰めてもらっていたものである。

（あー、癒《いや》される……）

今も、おっぱいに顔を埋めぱふぱふしている僕の頭をキャルちゃんは優しく撫《な》でている。

今日一日で蓄積されたストレスが、溶けるように消えて行くのがわかる。

何か嫌なことがあったら、それを忘れるまで楽しいことで頭をいっぱいにする、というのがいじめられっこ時代からの僕の対処法だった。

キャルちゃんも、僕がこうして彼女に会いに来る時は何か精神的に落ち込むことがあったからだとわかっているので、黙って甘えさせてくれる。

昔はゲーム。今はユーウェとキャルちゃんが、僕の癒しだった。


この魂の憩《いこ》いの場を見つけたのは、グレーターデーモンとの戦いから間もなくの頃のこと。偶然街で出会った占い師がきっかけだった。

薄汚れた布を纏《まと》った今にもあの世に御召しになってしまいそうなヨボヨボの老婆で、誰が得するわけでもないのに、街角で如何にも胡散《うさん》臭そうな瘴気《しょうき》を垂れ流しにしていた。

当然そんな老婆と関わり合いたくなかった僕は、足早に彼女の前を通り過ぎようとしたのだが、まるで食虫植物が獲物を待ち構えるかのように彼女は僕に声を掛けた。

そうなれば、街を歩けば次々とキャッチセールスと街頭アンケートの餌食《えじき》となる僕である。

僕は自分の気の弱さを呪いながら、出せる限りの迷惑そうな雰囲気を精一杯絞り出して老婆に言った。

「……な、何ですか？　い、い、急いでるんですけど、僕」

間近で見た老婆の顔は、顔中に皺《しわ》と染みが浮き、歯はボロボロと抜け落ちた山姥《やまんば》さながらの恐ろしさだった。何ヵ月も洗っていないのであろう、本来は白かったはずの頭部は灰色に汚れ、その白髪の隙間から爛々《らんらん》と光る瞳がこちらを覗《のぞ》いていた。

あの老婆の顔を一度でも見たことのある人間なら、僕の声が弱々しく震えてしまったのを責めることは決してできないだろう。胆力のあるクロウですら、この老婆にはビビる。断言しても良かった。

同時に、僕はこの老婆にどんなことを言われたとしても、決してその占いを信じることはできないだろうと思った。

よしんば彼女の占いが当たったとしても、それは占いが当たったからではなく、この老婆が僕に呪いを掛けたからだ。

そう心構えをした僕に、老婆は地獄の底から生還したようなしわがれた声でいった。

「お前さん……死者の相が浮き出ているよ。このままじゃ、死ぬね」

「はわ、はわわわわ……」

僕は震えおののいた。なんて恐ろしいことを言う老婆だろう。

「ど、どどどうすれば……？」

キョドる僕に、老婆は怪しげに嘲笑う。

「安心おし、あんたに浮き出ているのは死者の相だけじゃあない。英雄の相もまた、はっきりと出ている」

「え、英雄……？」

「そうさ。万軍を率い、数多の軍勢を打ち破る希代の英雄……。あんたの底には、その種が埋まっている。他の人、ともすればあんた自身でもわからないだろうが、あたしにゃわかる」

「おぉ……！」

この老婆は本物だ。僕は確信した。

僕自身でも隠しに隠し過ぎて長らく行方不明となり、最近には死亡届けを出そうかと迷ってすらいた才能の種を一目で見抜くとは……。この老婆、ただ者ではない。

「だが、今濃いのは死者の相の方だ。もし英雄の種を開花させられなかったならばその先に待つのは……死、だろうね」

「ど、どうすれば？」

思わず前のめりになる僕に、老婆はニヤリと笑った。それは実に頼もしい笑みであり、僕はこの人の言うことを聞けば間違いないと確信した。

後で思い返せば、どう考えてもその笑みは「しめしめ、ちょろいもんだよ」というものにしか思えなかったが、この時は「私に任せな……！　小娘」というものにしか見えなかった。

僕の名誉のために言い訳させて貰《もら》えるならば、僕があっさり騙されたのは僕がマヌケだからではなく、この老婆の話術が巧みだったからだ。

単純な、話の持って行き方ではない。言葉と言葉の間。声の抑揚。雰囲気。そのすべてが絶妙で、僕は軽い催眠状態に陥《おちい》っていたようにすら思える。

その巧みな話術で、老婆は言った。

「古来より、英雄色を好むと言い、器のデカイ人間がその器に見合うだけの女や男を召し抱えたもんさ。あんたが英雄としての種を開花させたいならば、女を抱きな。男を犯しな。器を、色欲で満たしな。その先に、英雄としての道が自ずと拓けるだろう」

「なるほど……………」

感嘆する僕に、老婆は先ほどまでの怪しげな瘴気を消し、にっこりと好々爺じみた笑みを見せた。

「もし、あたしの言うことを少しでも信じてくれるなら、この『小悪魔天国 ～魅惑の乳房～』に行きな。そこに、英雄としての第一歩が待っているはずさ」

「はいっ。あの、ありがとうございました！」

僕は老婆に頭を深々と下げ、『小悪魔天国 ～魅惑の乳房～』へと向かった。

そこで出会ったのがこの店であり、キャルちゃんであった。

余談ではあるが、後日老婆に礼を言おうと老婆のところを訪れたところ、老婆はクロウに良く似た男（というかクロウ）に全く同じことを言っていた。

なんてことはない。老婆はただのポン引きであった。

……とはいえ、この店がアタリであることは間違いない事実であった。

女の子のレベルも高いし、接客の質も良い。

最初は、女の身でこんなお店に来ておかしく思われないか心配だったのだが、意外とそういうお客も多いのか、他の男性客と同じように扱われていた。

「あーん」

キャルちゃんが、ローストチキンを切り分け僕の口に運んでくれる。ただ運ぶのではない。伝説の「あーん」付きだ。ぶっちゃけ、この店に来るまでは都市伝説だと思っていた。

それくらい僕には縁のないものだった。

「あーん」

この店のローストチキンは、なかなか旨《うま》い。不満なのは子供でも物足りないだろう量の少なさと、普通のローストチキンの五倍近い値段ぐらいか。

それでも、アルコールが腹を満たすのでローストチキン一個でなかなか満腹になる。

何度も「あーん」を繰り返し、ローストチキンを完食すると、今度はデザートだ。

「はい、次はさくらんぼ。あーん」

「あーん」

僕はキャルちゃんの差し出したさくらんぼを通り越し、キャルちゃんのたわわな乳房についたさくらんぼに食らいついた。

「あんっ、もうレンちゃんたらー」

「くふふふ」

左手で、零《こぼ》れんばかりの巨乳も揉《も》みしだき、口の中で乳首を転がす。

ふかふかで弾力があり、それでいてどこまでも沈みこんでいきそうなこの感触は、ユーウェにはないものだ。まぁユーウェにはユーウェの良さがあるのだけど。

無心で乳首に吸い付いていると、ふと思い付いた。

そうだ。迷宮で新しく手に入れた技を試して見よう。

【魅力】【淫魔《いんま》の肌】等のスキルを瞳や手など身体《からだ》の一点に集中させる技術——仮にスキル圧縮とでも名付けようか。

果たして、【高慢】の切れた今でも使えるのか。そしてその場合相手にどのような効果を及ぼすのか。

非常に興味があった。

「……………………」

あの時の感覚を、鮮明に思い出す。

普段は全身に均等に分配されている【淫魔の肌】の力を、徐々に移動させ、一点に集める。

だが、いくら集中しても、大部分の力はピクリともせず、自由に動かせたのは十分の一にも満たない。

まぁ……今の僕の意思では、こんなものだろう。

辛うじてコントロールできるようになった力を、舌に集める。

そして快楽を刷り込むように乳首をなぶると、劇的な反応があった。

「ひゃっ!?」

キャルちゃんが、ビクンと身体を震わし、僕を引き剝《は》がす。その顔には隠しきれない困惑が浮かんでいた。

成功だ。

内心ほくそ笑みながらも、なに食わぬ顔で問いかける。

「どうしたの?」

「えっと……な、なんでもない」

「そう?」

くすりと笑い、再び乳首に吸い付くと、キャルちゃんは再びビクッと身体を震わした。

まるで、クリトリスに吸い付かれたかのような反応。

それを楽しみながら、乳首をなめ回す。

やがてキャルちゃんの吐息が荒くなっていき、絶頂へと近づいた頃、僕は指に力を集めもう片方の乳首をつまみ上げた。

「ッ……!　クッ……!」

声を抑え、小刻みに身体を震わすキャルちゃん。

イッたかな？　そう思いながら乳首責めを続けようと舌に力を集めた時、バッとキャルちゃんから引き剝がされた。

「デ、デザートも、どう？　けっこう高いんだから、食べないともったいないよ〜」

頰《ほお》を紅潮させ、わずかに声を震わすキャルちゃんの意図は明白だったが、僕は敢えて彼女の思惑に乗ることにした。

今日の目的は、キャルちゃんをいじめることではなく、癒してもらうことだ。

実験は成功したことだし、良しとしよう。

そう考え、あーんと口を開いたところで、不意にキャルちゃんが言った。

「あ、クロウさんだ」

ピクッ、と僕は動きを止めた。

スッと辺りを見回すと、そこには来店したばかりのクロウがいた。

やがて、二人ばかりの女の子を指名すると、両脇に侍らせ店の奥に消えていった。

僕の席は、入り口からは死角にあるので、僕には気づかなかったらしい。あるいは、この店の従業員かと思ったか……。

「…………………」

なんとなく、興醒めだった。

皿からブドウを自分で取り、食べる。口の中に甘い果汁が広がるが、あまり美味しく感じなかった。

「最近クロウさん良く来るんだよ～。もう何人もお持ち帰りしてるんだ」

「へぇ……」

……どうやら、あっちはあっちで楽しくやっているようだ。

僕は今日一日散々だったが、クロウはこうして毎日のように女の子を侍らして面白おかしくやっていたのだろう。

ついこの間まで童貞だった分際で………、良い身分だ。

ま……、コンビ解消した僕には関係ないことだけど。

「そういえば、レンちゃんってクロウさんとパーティー組んでるんだよね？　今日は二人とも迷宮の帰り？」

「……コンビは解消したよ」

「あ、そ、そうなんだ……」

バツが悪そうなキャルちゃんに、僕はポツリと言った。

「今日は、もう……帰るね」

「あ、うん……また来てね！」

僕は気遣うような笑みを浮かべてそうキャルちゃんに手を振り、店を後にしたのだった。

――何かが違う。

「あっあっ、んんっ」

クロウは、組み敷いた娼婦のどこか演技染みた艶声を聞きながらそう思った。

バックからついている女の胸へと背中から手を伸ばす。

たっぷりとした乳房は、とても柔らかく非常に良い揉み心地だ。

形、大きさ共に申し分なく、さすがは『小悪魔天国 ～魅惑の乳房～』のナンバー3なだけはある、とクロウは思った。

たが、それだけだ。

この女――名前はなんだったか――の胸は確かに美乳で揉み心地もいいが、あのレンの胸には欠片《かけら》も及びはしない。

あの、手と胸の境目が無くなったかと思うほどの吸い付くような肌。触れているだけでじんわり伝わってくる快楽。いくら揉んでも飽きない揉み心地。

そのどれもが、この女にはない………いや、レンだけにしかないものだった。

（………クソッ）

クロウは、苛立《いらだ》ち紛《まぎ》れに一層強く腰の動きを激しくする。

「あっ、ちょ、は、激し、すぎっ」

下で女が何か言っているようだが、クロウの頭には届かない。

それは下半身から伝わる快感に夢中になっているから——ではない。

むしろその逆。いくら動きを早くしても一向に気持ち良くならなかった。

まるで、綿の中にペニスをピストンしているかのようだ、とクロウは思った。

あの無数の細かい触手がチ×ポに絡み付き、吸い付くように締め付けてくる膣《ちつ》とは雲泥の差だ。

レンと別れ、幾人もの娼婦を抱くようになって初めて、クロウは女の性器に一人一人違いがあることを知った。また、彼女のそれが名器中の名器であったことを。

「あっ、あんっあっあっあっあん」

「…………」

そしてこれもまた、クロウが萎《な》える要因の一つだった。

演技。

商売女が良くする、感じたフリ。

客に不快感を与えないようにするためのそれが、逆に男たちを不愉快にさせることに彼女たちは気づいていなかった。

最初、娼婦たちを抱き始めた頃は、これが演技だとは気づかなかった。

だが、すぐに違和感を覚えた。表情、声、微妙な身体の震え、膣の痙攣《けいれん》。それらのレンと娼婦たちの違いに気づいてしまった。

レンは、感じやすい女だったのだろう。いや、快感への経験値が低かった、というべきか。それは、レンの男性経験がゼロに近いということを意味していた。

対して彼女たち娼婦は、まさに百戦錬磨。クロウの稚拙な愛撫《あいぶ》では感じさせることもできない。

娼婦たちが本当は感じてなどいない、ということに一度気づくと、興奮はあっさり引いた。

興奮が引けば、もともと男の快楽など大したものではない。興奮という、スパイスがあればこその快感。ゆえに、男はフェチを求めるのである。

醒めたあとの、セックスはもはやクロウにとってただの作業に近かった。

ただ腰を振り、ペニスに刺激を与え、射精《だ》す。

だが、男の射精とはペニスを刺激することによって出すのではなく、脳が極度の興奮状態に陥ることによって発生する。

よって、クロウもなかなかイクことはできず、結果。

「ちょ、ちょっと待って！」

「………なんだ？」

「はぁはぁ……ご、ごめん。もう限界、はぁ……はぁ、あたしこのままじゃ壊れちゃう。ね？今日はここまでにしよ？」

またか……。

クロウは内心嘆息しつつも、頷《うなず》いた。

するとは女はパッと顔を明るくし、クロウの頬に軽くキスをする。

「ありがとっ。今日は凄い良かったよ。あたし気持ちよすぎて死ぬかと思っちゃった」

嘘《うそ》つけ。そう思いながらも、クロウは笑みを作り言う。

「そうか？」

「ほんとほんと。だからまた、お店に来たら指名してね？　たくさん注文してくれたら、クローさんならいつでもお持ち帰りされてあげる」

「わかってるよ」

「うん、じゃあまたね。バイバイ」

そういって服を来た女が部屋を出ていくと、クロウはベッドを殴り付けた。

「クソッ！」

こうしてイケないまま性交を終えるのは、これで五回目だった。

行き場を失った性欲が、ストレスとなりクロウを蝕む。

イかずにセックスを終えるのがこんなにもストレスだとは……。

ふとクロウは、レンがよく「僕まだイってないんだけど……」と言っていたのを思い出した。

今でもなぜ彼女が怒り出したのか、クロウにはさっぱりわからない。だが、今なら少しレンが怒っていた気持ちがわかった気がした。

では謝りに行けばいい。

そう思うが、なかなか足は動かなかった。

最初は、突然怒り出したレンへの不満からだった。

普段から、かなりレンに有利な労働をしていたという自負もあったし、一方的な別れにはクロウと言えど苛立ちを覚えずにはいられなかった。

ゆえに、こちらから謝るという選択肢はなく、どうせレンの方から謝ってくるという根拠のない自信から、クロウは女漁《あさ》りを始めた。

そうして他の女を抱いていくうちに、ようやくクロウはレンが極上のアタリだったことに気づくが、時既に遅し。

謝るタイミングを、完全に逸《いっ》していた。

もし今謝りに行っても、この一週間何してたの？　と聞かれれば口籠《くちごも》らざるを得ない。

馬鹿正直に「いろんな女を抱いたけれど、やっぱりお前が一番だから許してくれ」と言えば、いくらレンとはいえ怒るであろうことは、女心に疎《うと》いクロウでもわかった。

では嘘を吐《つ》けばいい、と思うのだが、彼女に対して極力、嘘は吐きたくない、というのがクロウの本音だった。

「はぁぁぁぁ〜〜〜〜〜…………………」

思わず、深いため息が出る。

レンのから…………ではなく彼女が恋しかった。

身体だけではない。あのくるくると変わる表情、ストレートにぶつけてくる感情。そして男という生き物への理解の深さ。

そのどれもが、クロウには堪《たま》らなく恋しく思えた。

ここ最近、娼婦たちと付き合ってわかったことがある。

女は、めんどくさい。ということだ。

男同士の付き合いと違い、何を考えているのかさっぱりわからない。ふわふわと、雲のように掴《つか》み処《どころ》がない。すぐに天気のように気分が変わり、それに翻弄されるばかりだ。

もし、闘技場を出て最初に仲良くなった女がレンじゃなければ、クロウはもしかしたら女性恐怖症になっていたかもしれない。

その点、レンは付き合い易《やす》かった。完全に、男同士の付き合いの感覚で接することができた。

女が喜びそうなおしゃれで肩苦しく、腹が大して膨れもしないくせに値段ばかりが張る店じゃなく、男が喜びそうな量と値段だけが取り柄の酒場でも文句一つ言わない。道を歩いていて、さりげなくアクセサリーをねだったり、それに気づかないと理不尽に怒ったりすることもない。

確かに女でありながら、男の領域に足を突っ込んだレンは、女慣れしていないクロウには理想的な相手だったのだ。

だが、そんな彼女はもうクロウの傍にはいない。

「あーぁ……いつから俺はこんなうじうじした野郎になったのかね」

闘技場にいた頃の自分なら、迷わず張り倒していただろう。

いつだったか、闘技場に墜ちてきてすぐ死んだ男が言っていた。男は女によって強くも弱くもなると。

その時はよくわからなかったが、今ならわかる。

グレーターデーモンと戦った時のクロウは、間違いなく最強だった。だが、いまのクロウは最弱だ。

闘技場では、常に安定した力の出せない奴は死ぬ。

そんな闘技場で百戦錬磨だったクロウを、こうまで翻弄する生き物が、女。

なんと恐ろしい生き物なのだろうか。

「飯でも食いに行くか……」

性欲が満たせないなら食欲でも満たそうと宿を出る。

そうして行きつけの店に向かう途中、クロウは先ほどの女が道の向こうで友人らしき女と話しているのを発見した。

なんとなく、興味の湧いたクロウは彼女たちの会話に耳を傾《かたむ》けてみる。

スキルによって強化された感覚は、数メートル離れた雑踏の中の彼女たちの会話すら拾い上げる。

そうして耳に入れた彼女たちの会話は、少なからずクロウにとってはショックなものだった。

「はぁ、もう最悪……」

「なに？　またクロウさん？」

「うん……まだアソコ痛い」

「あの人セックスほんと下手だもんねぇ」

「金払い良いし、けっこうかっこいいんだけど……下手過ぎ」

「ね、アソコがデカイのも、下手だと逆にマイナス、っていうか」

「おまけに遅漏《ちろう》～。おかげでアソコ超痛い……。私途中で逃げて来ちゃった」

「それはヤバいよ……もう指名してくれないって」

「やっぱり？　でももうあの雑なセックスから解放されると思えば悪くないかも」

「雑……そうね、それが一番しっくりくるね。愛撫を全然しない上に、すぐ挿入。入れたらテクニックも何にもなくただ体力任せに腰振るだけ」

「お前はセックス覚えたてのガキかって感じ」

「あははは、それひどい～。っていうかもしほんとだったらクロウさんヤバくない？　あの歳で最近まで童貞だったたってことでしょ？」

「っていうかクロウさんの歳っていくつ？」

「さぁ？　でも見た目的に二十代後半くらいでしょ」

「実は十六歳だったりして」

「それはないな」

「だよね～、どんだけ老け顔だよっていう」

「あははははは」

そうして、彼女たちは立ち去っていった。

「…………………………………………………………」

クロウは、彼女たちが立ち去った後も呆然《ぼうぜん》と立ち尽くしていた。

ショックだった。

彼女たちがクロウの陰口を言っていたからではない。

彼女たちの会話の内容。クロウのセックスについての彼女たちの忌憚《きたん》なき意見に、ショックを受けていたのだ。

（セックスが、雑……。そうか、そうだったのか……）

道理で、娼婦たちを感じさせられないわけだ。

レンも、俺のセックスを耐えられなくなったから、去っていったのだろう。

そう、クロウは自嘲する。

だが、その時ふとクロウの脳裏に閃《ひらめ》くものがあった。

（そういえば、レンも最初の頃はけっこうイってなかったか？）

だが、最近のレンがイっていた記憶はない。

いつも、終わると不満な顔をしていた。

なんだ？　この違いは。回数か？　いや違う。もし物足りなかったなら、彼女たちはクロウを遅漏などと罵らなかったはず……。

（そうか！　愛撫か！）

童貞を捨てたばかりの頃は、クロウも愛撫をしっかりやっていた。むしろ、ねちっこいくらいだっただろう。女性の身体に触れる、ということ自体が新鮮だったからだ。

だがそれがいつの間にか挿入を急ぐばかりに、次第に愛撫はおざなりになっていった。

自分が満足すればそれで射精して済ます。

それが、クロウのセックススタイルだった。

（なるほど……レンが怒るわけだ）

謝りに行こう。

クロウはそう素直に思った。

たとえ許されなかったとしても、許されるまで頭を下げ続けよう。

許されるまで絶対服従を誓ってもいい。

今ならわかる。あれは、それだけの価値がある女だった。

クロウは、レンの宿へと走り出した。

「レン、俺だッ。クロウだ。すまなかった、俺が悪かったッ。会って謝りたい、開けてくれ」

クロウは、レンの泊まる部屋のドアを叩《たた》いたが、返事はなかった。

（……留守、か？　いや、気配はある。やっぱり……簡単には許してくれないみたいだな）

だが、引き下がるわけにはいかなかった。

「レン、開けてくれ。頼む！」

クロウは、何度も何度も辛抱強く呼び掛け続けた。

その一念が通じたのか、やがて扉が開く。

「レンッ」

クロウはパッと顔を明るくしたが、出迎えたのはレンではなかった。

（こいつは……確かユーウェとか言ったか）

以前一度だけ、レンが晩飯に連れてきたことがあった。

可憐《かれん》な、人形のように愛らしい少女だが、クロウはこの少女を内心苦手としていた。

レン以外の人間が何を話しかけても、常に無表情。そして無視。それが、店の従業員だろうがだ。さらに、レンが見ていないところで、何度もクロウを睨《にら》み付けてきた。

その目は、完全に汚物を見るもので、彼女のクロウに対する……いや、男というものに対する敵意が窺《うかが》えた。

事前にレンから少女が奴隷ということを聞いていたので、その悲惨な過去がうっすら想像できたため特に腹は立たなかったが、クロウの中で彼女への苦手意識が刻み込まれたのは否めなかった。

そして、今も少女は道端の嘔吐物《おうと》を見るような視線をクロウに向けていた。

「あっ、と……レンはいるか？」

クロウの口からレンという言葉が出た瞬間、ユーウェの顔が不快げに歪《ゆが》む。

クロウはそれを一瞬男への嫌悪からかと思ったが、すぐにそれが少女のレンに対する並々ならぬ嫉妬心からくるものだということに気づいた。

他人の口から、レンの名前が出るだけでも許せない。そんな、常軌を逸したレベルの執着心。

この手のタイプは、執着の向かう人間が、他の人と話すだけで許せない。一緒にいるだけで妬《ねた》ましい。笑いかけようものなら、相手を殺しかねないほどの感情の暴走を起こす。

クロウは、よくこんな魔物染みた少女と暮らせるものだとレンに尊敬に近い念すら抱いた。

一体この少女とどんな生活を送っているのか、そして少女はどんな人生を送ってきたのか、クロウは非常に興味があったが、今はそれより優先すべきことがあった。

「レンはいるのか？」

「……レンさんは今留守にしてます。帰ってください」

ユーウェは、可能な限りクロウとの接触を避けるよう早口でそう言うと、扉を閉じようとした。

「ちょ、ちょっと待ってくれ」

それをクロウが扉に手を掛けて阻止すると、ユーウェはまるでゴキブリが服の中に入り込んでしまったかのように泣きそうになった。

そ、そこまでかよ……とクロウは少し傷ついたが、生憎少女に配慮する余裕はない。

クロウは、必死に少女へと頼み込む。

「悪いけど、レンが帰ってくるまで部屋で待たせてくれねぇか？　どうしても会って謝りたいんだ」

「!?」

ギョッとユーウェは驚愕《きょうがく》に目を見開かせた。冗談じゃない……！　と口には出さずともそう思っているのが、クロウには手に取るようにわかった。

ユーウェは焦《あせ》るようにクロウに言った。

「れ、レンさんはあなたなんかに会いたくないって言ってました」

おそらく少女が嘘をついていることは、客観的にも明らかであった。

ゆえにクロウは動揺することなく問いかける。

「本当にレンがそういったのか？」

「本当ですッ、あなたみたいな野蛮で身勝手な人とはもう口も利きたくないって、言ってましたッ！」

「ッ……！」

身勝手。この言葉以上、今のクロウにこたえる言葉はなかった。

「帰ってッ！　帰ってよッ！　私たちの世界に入って来ないで！」

少女の、身を切るような悲痛な叫びに、クロウの指の力が弛《ゆる》む。

ユーウェは、その隙を見逃さず扉を閉め鍵をかけた。

その後、いくら呼び掛けようが少女が答えることはなく、クロウは仕方なくその場を後にした。

宿を出たクロウの足は、自然行き付けの小悪魔天国へと向かった。

代用品でもいい。今は、この寂しさを他の女で埋めたかった。

それを、他ならぬレンに見られるとは知らずに……。


クロウが立ち去った後、ユーウェは恐る恐る扉を開け、廊下の様子を窺った。

そこに誰もいないことを確認すると、ユーウェは濡《ぬ》れた布で執拗に何度も何度も扉のクロウの触れた部分を拭《ぬぐ》う。

ひとしきり拭い取り満足すると、その布をそのままゴミ箱へと投げ捨てた。

そのままユーウェは、ベッドへと倒れこむと深々とため息を吐く。

最悪の一日だった。

この、ユーウェとレンの二人だけの世界に、異物……それも男が入り込もうとしてくるとは。

ユーウェにとって、世界とはこの部屋だけだった。

この世界の外とはユーウェにとってまさしく異世界であり。そこからこの世界に入って来ようとするものは侵略者に他ならなかった。

……レンには話していないことだが、レンと出会う前のユーウェの生活は地獄だった。

ユーウェは、隣国の修道院で育った。親の顔は知らない。物心ついた頃には、すでに彼女に親はいなかった。

ユーウェの育った修道院は、特に特徴のない一般的な修道院だったが、二つほどほかの修道院にはない可笑しな点があった。

一つは修道院らしく、恥じらいを持つよう教育されたことだ。

それは修道院として当然の教育だったのだが、ここの教育はいささか普通ではなかった。

なんせ、この修道院を出る頃には、スカートを捲《まく》られただけで赤面し泣き出すほどの恥ずかしがり屋となっていたのだ。

当然男性と話すなど性行為にも等しく、こんな調子でシスターとしてやっていけるのだろうかと思うほどだった。

二つ目の奇妙な点は、異様に身だしなみに気を付け、美容を磨くよう徹底させられたことだ。

肌の清潔さを保つよう洗顔や入浴は厳しくしつけられ、出される食べ物は美容に関連するものばかり。

夜更かしをしたら鬼のように怒られ、ニキビができようものなら治るまで特別食しか与えられなかった。

おかげでこの修道院の者は、院を出る頃には大抵、美容関係のスキルを身に付けており、その美しさから各地の教会で歓迎されると評判だった。

もっとも、その各地の教会とやらは本当は教会ではなく、各国の豪商や貴族であり、評判なのは最高にいじめがいのある奴隷というものだったが。

ユーウェがそれを知ったのは院を出てからであり、それを知った彼女の衝撃は言うまでもないだろう。

そんな、人間を一からオーダーメイドするような修道院を利用する客が、まともなわけがなく。

彼女を買った伯爵もまた、常軌を逸したサディストであった。

顔に自信がある少女は顔に酸を掛けられ、弟のために身売りした少女には晩飯に弟の肉が振舞われた。時には双子の姉妹で殺し合わせ、勝ち残った方は使用人たちの共同性奴隷となった。

ユーウェもまた処女を考えうる限り最悪の状況で破られ、その後も人間としての尊厳を徹底的に踏みにじられ続けた。

挙げ句の果てに、クリトリスを男性器の如く改造され、二束三文で売り払われた。

それは伯爵の所業から考えれば温いものであったが、到底感謝する気になどなるわけもなく、彼女の心には消えない傷と、男という生き物に対する憎悪にも似た嫌悪が刻まれた。

そうしてユーウェが流れついたのがこの街であり、出会ったのがレンであった。

レンとの生活は、それまでと比べれば天国だった。

当初はレンが恐ろしく感じられたこともあったユーウェだったが、徹底した快楽責めと朦朧《もうろう》とした意識の中で囁《ささや》き続けられる愛の言葉は、彼女の頑《かたく》なな心をほぐし、レンへと心を開かせた。

そうなれば、傷ついた少女の心が、依存へと傾くのに時間はそうかからなかった。

部屋から一歩も出ないという閉鎖された環境と、ユーウェから見ても美しいと感嘆せざるを得ないレンの容姿も、それに一役買っただろう。

生まれてから修道院、そして修道院を出てからは伯爵の屋敷と、狭い世界で生きてきたユーウェにとって、この部屋という小さな世界で生きていくことはさほど苦ではなかったし、修道院という女だらけの空間は、少なからず同性愛の土壌を育てるには充分だった。

その上、初めて接した男性が伯爵のようなクズだっただけに、ユーウェの中で百合の花が芽吹いてもなんら不思議ではない。

それに何よりもユーウェの心を捉えて離さなかったのは、彼女が生まれてから結局一度も与えられなかった愛だった。

レンの仕打ちはかなり身勝手なものも多かったが、そこに含まれるのは悪意ではなくユーウェへの愛であるのを、ユーウェは確かに感じた。

それはユーウェが生まれてからずっと無意識で求め続けていたものであり、傷ついた心はそれを貪欲に求めた。

結果欠損部分をレンの愛で補完したユーウェの心はいびつになり、歪んだ心はレンへの異常なまでの執着を産み出した。

その執着心はレンに牙を剝《む》くことはなかったが、レンに近づくものには容赦なく向けられた。

その筆頭が、クロウであった。

レンが面白おかしく話してくれる迷宮探索の話。その内容は誇張され、主人公であるレンが英雄かくやという活躍をしている明らかな作り話であったが、ユーウェはその話が大好きだった。

ただ一つ不満があるとすれば、その話にクロウという不純物が混じっていることだった。

レンのそのみずみずしい唇からクロウという単語が出る度に、ユーウェの心は散り散りに張り裂けそうになった。

レンに連れられ、クロウと出会ってからはその思いは一汐《ひとしお》であった。

レンが笑顔でクロウに話しかけるたび、クロウが馴《な》れ馴《な》れしくレンに話しかけるたび。何度クロウの首をフォークで刺し貫いてやろうかと思ったことか。

それゆえに、今日クロウを撃退した時は、胸がすくおもいだった。

「守ります……レンさん。私が、この二人だけの世界を……」

二人の愛の巣を守る。そう考えると、ユーウェの子宮は痛いほどに疼《うず》いた。

「くぅぅぅ〜〜〜〜！」

込み上げるレンへの想いを発散するように、枕に顔を押し付け足をバタつかせる。

胸一杯にレンの残り香を吸い込むと、ユーウェの頭が桃色に染まった。

もう、我慢できなかった。肛門《こうもん》に仕込まれたアナルワームが、性欲を加速させる。ユーウェは、レンの名前を何度も呟《つぶや》きながら自慰を始めた。

万全の状態で主を待ち受け、やがて、待ち望んでいた気配が部屋へと近づいてきた。

「ただいま～……あれ？　何かあった？」

帰ってきたレンは、何か違和感に気づいたのか、そう問いかけてくる。

故に、ユーウェは満面の笑みを浮かべこう答えたのだった。

「――いいえ？　何もありませんでしたよ？」

第三話　新たなパートナー

「きゃははは！」


十数人ほどの子供達が、庭を駆け回っている。

年の頃は皆十歳以下ほどだろうか、皆粗末な麻の服を纏《まと》い、あまり食料事情はよくないのだろう。お世辞にも肉付きがいいとは言えない。

だがそれでも子供達の表情は明るく、腹は満たされぬとも心は満たされているだろうことが見て取れた。

そんな子供達の輪から外れ、一人の青年が子供達を見守っていた。

二十代前半ほどで、茶髪の柔和な顔つきをしている。だが、その顔は子供達への慈愛に溢《あふ》れ、容姿だけではない魅力があった。

……親、ではないだろう。歳が近すぎる。しかし兄弟というには多すぎる。

子供達の容姿が皆バラバラで、血のつながりが見られないことからこの子供達は孤児なのだろうと察しがついた。ならば青年は孤児院の先生といったところだろう。

そんな青年の前で、異変が起こった。

子供達のうち、とりわけ年少だった赤毛の少女が泣き出したのだ。

青年はすぐさま少女の元に駆け出すと、少女の目線にあわせるように屈んで優しく問いかけた。

「どうした？　アリー、ケガ……はないみたいだな。何があったか、兄ちゃんに話してごらん」

「へ、ヘンズが、アリー、の、くま、さん………うぁぁぁん！」

少女が泣きじゃくりながらそう言うと、栗色の髪の少年が気まずそうに視線をそらした。

青年が少年を見ると、その足元には泥にまみれ、右手がちぎれかけたテディベアがあった。手作りのものなのだろう、ちぐはぐな色の布を縫い合わせて作られている。形は微妙に歪《いびつ》で、不器用な人間が、しかし想いを込めて作ったのだろうことがわかった。

「どうしてこんなことしたんだ？」

青年が静かに聞く。怒りの色はない。大人は得てして子供を一方的に叱ってしまいがちだが、青年の眼差しには少年に対等に向き合う真摯さがあった。

「あ、アリーがいつも人形で遊んでばっかで、俺らの遊びにはいんねーから誘ってやろうと思って……わ、わざとじゃねぇし」

「そうか……でも人形の腕が取れかけてる。ちょっと乱暴だったんじゃないか？」

「ぐ………」

少年が言葉につまる。おそらく、何かの拍子に人形を強引に取り上げようとしたのだろう。物を取り上げてそれを取り返そうとしてくるものから逃げるのは、鬼ごっこの亜種として子供の間ではよくあることだった。

それがよくわかっているのだろう、青年はふっと表情を和らげると少年の頭をくしゃと撫《な》でた。

「次からは優しくな。………特に好きな女の子にはな」

後半は小声で、ニヤリと笑いながら言うと、少年はカッと赤くなった。

「ち、ちっげーし!」

そんな少年に青年はやれやれと肩をすくめ、テディベアを拾い上げると少女に向き合った。

「アリー、ヘンズも反省してるみたいだし、許してやれるか?」

「………うん」

「よっし、いい子だ。なら兄ちゃんがくまさんを綺麗《きれい》に直してくる間、アリーはヘンズと遊んでるんだ」

「くまさん、直る……?」

涙目でおずおずと問いかける少女に、青年はニヤリと笑う。

「もちろん。くまさんを作ったのは誰だ?」

「………お兄ちゃん」

「だろ?」

そういって青年が少女の頭を撫でると、少女はようやく安心したのか少年とともに子供たちの輪へと入っていった。

それをテディベア片手に目を細めて眺《なが》めた青年は踵《きびす》を返し――一部始終を見ていた僕と、目が合った。

「…………誰だ、お前……」

「………………………………」

呆然《ぼうぜん》と問いかける僕に、青年――ブラウは顔をひきつらせるのだった。


場所を移しましょう。

そう言ったブラウによって案内された孤児院の一室で、僕は居心地の悪い思いをしていた。

見てはいけないものを見てしまった。

例えるならば、そう、何百人という人間を借金地獄に陥《おとしい》れ、その娘たちを風呂に沈めてきたヤクザの若頭が、実はぬいぐるみを抱いてないと寝れないことを知ってしまったような、そんな感じ。

完全に予想外の光景だった。

もしかして僕に、本当は自分には優しい一面があることを見せて、懐柔しようとしているのでは……？

そんな穿《うが》った考えが脳裏に浮かぶが、すぐに消える。

なぜなら、あの光景を見つけたのは完全に偶然だったからだ。

僕がいなくても思いのほか元気にやっている様子のクロウを見た翌日、僕は何となくやる気が起きず、朝から適当に街をぶらぶらしていた。

そこでふと子供たちが遊んでいるのが目に入り、何気なく眺めていたら視界の端《はし》にあり得ないものを見つけたのだ。

我が目を疑おうとも目の前の光景は変わらず。

どこからどう見ても子供好きの好青年といった感じのその男は、氷のような瞳と冷徹さで僕を追い詰めたブラウ本人で。

僕は今もまだ夢を見ているような気分だった。

「…………ここは宝部屋の利益によって運営されているんですよ」

奥に消えていたブラウが、紅茶を両手に戻って来た。

「…………ハイエナックルが？」

あのグズどもの団体が、孤児院の運営？　とても信じられない。

そういった僕の内心が顔に出ていたのだろう、ブラウは僕の前に紅茶をおきながら苦笑した。

「不思議ですか？　まぁあなたはハイエナックル――宝部屋組のマイナスの面しか見てないから仕方ないですけどね。この街ではそれなりに有名な話ですよ」

「…………………………」

なんと言えばいいか困惑する僕に、ブラウは一方的に話を続ける。

「……この孤児院の子供達は、皆冒険者の子供達なんですよ」

「冒険者の？」

「ええ、日々の糧を得るために迷宮に潜り、そして死んでいった冒険者達……彼らの残した最大の宝が、あの子達です」

「…………」

「僕らが、宝部屋組なんていう利益を独占する団体が、この街で許されている理由の一つには、間違いなくこの孤児院経営があるでしょう。荒くれものの冒険者だって人の子であり、人の親だ。誰だって、自分が死んだ後の家族の保険は欲しいし、できるだけ安心な生活を送って欲しい。そう思う。いわば、宝部屋組は、この街の最後の生命線なんですよ」

……力のない冒険者や、ケガによって戦力の落ちた冒険者たちの最後に行き着く場所というだけでなく、宝部屋組はさらにその先の自分が死んだ後の保険でもあるということか。

「……実はね、第一階層の宝部屋は、孤児院経営に全額当てられているんですよ」

「え？」

ハッと顔をあげる僕に、ブラウは酷薄な笑みを浮かべる。

「第一階層のゴブリンの装備なんて、いくらあろうが大した金にはなりゃあしない。せいぜい、金貨十枚ほど。小銭といってもいい。だから、全額孤児院に寄付しようということになっているんですよ。だから――」

スッ……とブラウはその鋭利な視線を僕に向けてくる。僕は頬《ほお》に一筋汗が伝うのがわかった。

「俺はチビたちの生活を脅《おびや》かしたアンタが、どうしても許せなかった。……俺も、ここの出身なんでね、餓えの苦しさは……良く知ってる」

その視線の鋭さに、僕は内心怯《おび》えずにはいられなかった。怖い。だが、僕にかすかに残る男としてのプライドが、先日宝部屋組のクズどもに痛めつけられた記憶が、それを表に出すことを許さなかった。

ぐっと表情を引き締めて見返す僕に、ブラウは視線を僕の紅茶へと移すと、フッと笑い視線を和らげた。

怪訝《けげん》に思った僕が視線を手元へと移すと、紅茶はかすかに波紋を立てていた。僕の手の、震えによって。

カッとなった僕は、ぐっと紅茶を飲み干すと、どんとカップをテーブルに叩《たた》きつけた。

それにブラウは肩をすくめると、視線を窓へと向け、遠い眼差しで子供達を見ながらつまらなそうに言った。

「……そんなに警戒しなくても、もう僕たちはあなた達を狙ったりしませんよ。あなた達はちゃんと誠意を見せた。ルールを守った。今度はこちらがルールを守る番だ」

その言葉に、僕はわずかに目を細めた。

——やはりブラウはあの三人のことを知らない……？

あの三人組もブラウにバレるとマズイと言っていたし、底辺の暴走だったということか。

「それに…………」

ブラウのポツリとした呟《つぶや》きに、僕の思考は中断させられた。

「それに、もうあなた達を追う余裕もなくなってきましたからね」

「……………どういうこと？」

僕の問いに、ブラウはかすかに笑う。退廃的な笑み。僕は眉をひそめた。

「大侵攻が始まるかもしれないんですよ。そうなれば……僕たち宝部屋組は尖兵《せんぺい》となって戦うことになるでしょう。たくさん……死ぬでしょうね。前準備もある。もう、あなた達を追う余裕はないんですよ」

「…………大、侵攻？」

大侵攻。それは、何十年かに一度起こる魔界からの本格的な侵略のことだ。普段は人間界側からの侵入者を防ぐため複雑化している迷宮の構造が、侵略のために組み替えられ、迷宮中のモンスターが、いや、それ以上のモンスターが一斉に迷宮の外へと侵攻してくるのだ。

僕の脳裏に、グレーターデーモンの捨てセリフが過《よぎ》った。

——レン、ね。覚えておくわ。それじゃ、クロウちゃん、またすぐ会うと思うけれど、今後会った時は絶対ファックしましょうね。

あの時は命拾いした安堵《あんど》から特になにも思わなかったが、今にして思うとこのセリフには見過ごせない言葉があった。

またすぐ会うと思うけれど……だって？

グレーターデーモンが、人類の目に触れる機会はほとんどない。普通に迷宮に潜っている限りは、まず遭わないだろう。そんな奴らと遭遇するとしたらいつか。決まっている。大侵攻。その際に他ならない。

呆然とする僕をよそに、ブラウの話は続く。

「大侵攻の際は、予兆がある。毎月変わる迷宮の構造が、変化しなくなるという予兆が。その予兆がすでに表れているんです。その様子だとまだ連絡は来ていないようですが、ギルドが主戦力になると判断した冒険者には、通知が来ます。うちのリーダーにも、通知がきました。防衛戦参加の通知が」

「…………」

「基本的に通知がくるのはクラス持ちですが、たまにレアスキル持ちだとレベルが低くても呼ばれることがあります。多分、あなたも呼ばれることになるでしょうね」

なんせ、あなたの倉庫の能力は補給にぴったりだ。そうブラウは呟いた。

「………宝部屋組」

「うん？」

「宝部屋組がたくさん死ぬってどういうこと？」

この問いに、ブラウは自嘲気味に笑った。

「……暗黙の了解ってことですよ。大侵攻の際は、宝部屋組は最前線で戦うのが決まりだ。それが義務でもある。普段甘い汁吸っている分、いざというときには頑張らないといけないというわけです。そして、それが宝部屋組のプライドでもある。その時が来たら、誰よりも俺たちが命張るんだぞ、というね」

といっても、全員が全員、腹が据《す》わっているわけじゃあないんですが。そう呟くブラウの顔には、若干の疲れが見えた。

「どういうこと？」

「僕たちも一枚岩じゃない、ってことですよ。孤児院出身者や、子供がいる冒険者はルールを遵守し固い結束で結ばれている一方、落ちぶれた冒険者やただ甘い汁を吸いたいがために入ってきた奴らは、どうもルールに関してのモラルが低い」

………あの三人組のような奴らか。

「というわけで、いまハイエナックルは新入りや、ルールに意識が低い奴らの引き締めとか、装備の準備に忙しいわけです。あなたも準備をすることをオススメしますよ」

「そう………だね。そうするよ。じゃあ僕はこれで」

僕はブラウの言葉に頷《うなず》くと立ち上がる。そしてふとブラウに言っておかなければならない言葉があったことを思い出した。

「そうそう、ブラウには言っておこうと思ってたことがあったんだっけ」

「………なんですか？」

怪訝そうなブラウ。そんな彼に微笑みながら僕は言った。

「ありがとう」

きょとん、としたブラウの顔はなかなか見物で、僕は少しだけ胸のすく思いだった。

きっと、彼は僕の礼の意味などわからないだろう。

だが、僕は彼の言葉で、きっかけを掴《つか》んだのだ。

『――決まりごとが守れない奴は、人間じゃあない。魔物だ。魔物は、殺す。それが、冒険者の仕事だろう？』

かつて僕が彼から言われた言葉。この言葉のおかげで、僕は人間という生き物を初めて敵と認識することができるようになったのだ。だから、一言だけ礼を言っておきたかった。

「………良く、わかりませんが。それが皮肉でないならありがたく受け取っておきますよ」

微妙に居心地悪そうに返す彼に、僕は皮肉じゃないさと呟き踵を返した。

そんな僕の背中にブラウが呼び止めの言葉を掛けた。

「あ、そうそう、僕もあなたに言っておかなきゃいけないことがあったんです」

「……なに？」

気分良く立ち去ろうとしていた僕は、出鼻をくじかれた思いで振り向いた。

そんな僕にブラウは意地悪な笑顔で僕の紅茶のカップを振る。

「あまり、人から出されたものを簡単に口に入れない方がいいぜ。もしかしたら、変なものが入ってることもあり得るんだからな」

「――ッ！　まさか……！」

戦慄が走った。

コイツ、紅茶に毒を……！

「――何も入れちゃいないさ。ルールは守る。たとえ相手がどんなマヌケだろうと、それは変わらない。と、いうわけで――」

ブラウは、木製の箱を取り出すと、子供達に向ける時のお兄さんスマイルで言った。

「――授業料がてら恵まれない子供達に愛の手を」


孤児院を後にした僕は、その足でギルドに向かった。

目的は、パーティーメンバーを探すためだ。

実のところ、僕はもう、当分パーティーを組む気はなかった。

初めて組んだ野良パーティーであんな目に遭《あ》えば、誰だって二の足を踏むというものだ。

ところが、ブラウの話を聞いて事情が変わった。

これから大侵攻がくる。その時、僕は果たして生き残れるのだろうか……。

そう思ったら、居ても立ってても居られなくなった。

……正直、逃げたい。大侵攻などと呼んでいるが、要は魔界との戦争だ。戦争に嬉々《きき》として向かう日本人などいないだろう。

だが、逃げられない。逃げたら逃げたでその先に待つのは破滅なのだから。

故に、戦うしかない。だが、僕のようなヘタレが生き残れるほど戦争は甘くないだろう。

……力だ。戦争を生き抜くための力が必要だ。そして大侵攻までに手に入れられる力は限られている。

それは、数の力。仲間の存在だった。

——そういうわけで僕は今ギルドで女性パーティーを探しているのだった。

女性パーティーに限定しているのは、もう男性トラブルはこりごりだからである。

正直、僕は男とパーティーを組むのは向いていない気がする。僕のこの身体《からだ》は、いささか魅力的すぎるのだ。

というわけで女性パーティーを探している僕であったが、やはり女性冒険者というのは希少なようで、さっぱり見つからない。

かれこれ、一時間は掲示板とにらめっこしているのだが、女性パーティーどころか女性が一人入っているパーティーも見当たらなかった。

これは明らかにおかしい。女性冒険者は希少だが、いないわけじゃあない。街を歩いていても見かけるし、〝女傑《じょけつ》のヴィラ〟など一流として名をはせる女冒険者もいる。

どうしてだろうと考え、すぐに気づいた。すでに固定パーティーを組んでいるのだ。

先日の僕のように何かと身の危険の多い女性冒険者。そんな彼女らが、安定してかつ安全に冒険するにはどうすればいいか。

答えは簡単。信頼できるもの同士で固めればいいのだ。

しかし、これは参ったな。パーティーの募集がないんじゃあどうしようもない。

かといって男性オンリーのパーティーに入るのも今はあり得ない。

そんなわけで一人悶々《もんもん》と悩んでいると。

「よぉ、もしかしてパーティー探してんのか？」

突然、後ろから声を掛けられた。

バッと後ろを振り向く。

全く気づかなかった。完璧な気配遮断。

冒険者歴が浅いとは言えレベル５の僕に気配を悟らせないとは、かなりの手練れ。間違いなく高位の冒険者に違いない……！

そんな警戒とともに背後を振り向いた僕の眼に映ったものは、予想を裏切る光景だった。

そこにいたのは、歴戦の冒険者といった風体の男ではなく、まだ顔立ちに幼さを残す少年。

くすんだオレンジの髪はやや長め。肩に掛かるか掛からないかくらいの長さの髪は、整えられることなく無造作へアーとなっている。

その顔は、髪と同じように薄汚れてはいるものの良く見れば整っており、くりくりとした翠色《みどり》の猫目、小さなツンとした鼻、男のくせにぷるんとした唇が、大変可愛らしい。

総評、女顔の美少年。

——僕の敵だった。

なんだ……ただのイケメンか、死ねよ。そう内心で呟き少年を無視しようとした僕は、ふと少年に違和感を覚え凝視する。

これは……まさか。

「な、なんだよ……」

僕の探るような視線に少年がたじろぐ。だがすぐに気圧されてなるものかと仁王立ちでむんと胸を張る。

その胸はやはり男にしては膨らんでいる気がして……。

とっさに鑑定を使った僕は、自分の予想が当たっていることに、内心ほくそ笑んだ。

こいつ、女だ。

「僕に、なんの用?」

内心の喜びを押し隠し、なに食わぬ顔で問いかけると、少年――いや、少女はごくりと唾を飲み込みやや緊張した……しかしそれを懸命に隠した様子で言った。

「お前、パーティー探してるんだろ？　見たところ初心者みたいだし、もしお前がどーしてもっ！　っていうんなら、あた……オレのパーティーに入れてやってもいいぜ！」

そう震える声で言った少女は、ひきつる頬でニヤリと笑った。

その様子を見て僕は確信した。

――こいつ、僕と同じタイプだ。

「………うーん」

僕の返答は内心もう決まっていたが、ここは敢《あ》えて悩む素振りを見せた。

この男のふりをしている少女が、僕と同類なのはわかっている。

なんとなくだが同じ匂いがするからだ。

その上で、現時点では僕よりも格下であることも。

この世界に来て初めて出会う格下の同類に、僕は少し興奮していた。

ユーウェは、確かに奴隷という立場ゆえに格下であるのだが、その内面はどこか肉食というか、格下とは思えないところがあった。芯が強いというべきか。

それに対して、僕やこの少女は、その芯はシャーペンのように折れやすく、それを押し隠そうとする強気の仮面も、紙の如く脆《もろ》い。

つまり、ビビりで見栄っ張りなのだ。

そしてこのタイプに共通して言えるのが、自分より格下と判断した人間にはとことん強気に出ること。

よって、最初の出会いでどちらが格下か相手にわからせる必要があるのだ。

チラリ、と少女の様子を窺《うかが》う。

少女は、悩んでいるふりをしている僕を、緊張した面持ちで見ている。かなり切羽詰まっている様子だ。

装備も貧弱で、麻の安物の服に、腰元にこれまた安物のダガーをつけているだけ。

体つきも細く、あまり裕福な様子ではない。

これらのことから、少女が貧困層で育ち、またあまり稼《かせ》ぎのある冒険者でないことがわかる。

というか、おそらくはほぼ新人に近いのではないだろうか。

加えて、こうして僕のような……自分で言うのもなんだが弱そうな独り身の冒険者を勧誘していることから、少女がどこのパーティーからも参加を断られ、仕方なく自分でパーティーを募集していることも推測できる。

そして、すでに何度も冷たくあしらわれていることも。

おそらくだが、悩むという期待できる反応をしてくれる人間すら、僕以外いなかったのではないだろうか。それゆえの緊張だ。

結論。うまくやれば舎弟が作れる。

ニヤリと僕は内心ほくそ笑んだ。

舎弟……なんといい響きだろうか。

僕は慎重に言葉を選びながら口を開いた。

「えっと、まず君のレベルはいくつくらいなのかな？」

僕の予想通りなら、この少女のレベルは1。かなり答え辛い質問のはずだ。

この僕の先制攻撃に、少女は目に見えて狼狽《うろた》えた。

「え、と、レ、レベル、だよな？　オレの……あー……12、くらい、かな？」

「12⁉」

予想外の数字に驚愕《きょうがく》の声をあげる。

おいおいおいおい、いくらなんでも吹きすぎだろ！

そんな僕のヒキ気味の反応に、少女はさらに挙動不審になった。

チラチラと僕の顔色を窺いながら、しどろもどろに言葉を重ねていく。

「じゃなくて、えっと、は、8……いや、5！　5、くらい……かな？」

「くらい？」

「5！　5だよ！　レベル5！」

もはや疑う余地もなくレベル1である。

なお、パーティー募集の際にレベルを偽るのは重大なルール違反だ。

普通の冒険者なら、この少年のような少女の顔面に教育も兼ねて拳の二、三発も叩き込んでいるところだろう。

だが、少女の嘘《うそ》に湧いてきたのは怒りではなく親近感。見栄っ張りで、けれど嘘が下手なその姿は、ますます他人とは思えない。

それだけに、僕は少女をいじめたくなる気持ちを抑えきれなかった。

「レベル5？　僕もレベル5なんだよ！　奇遇だね」

「え？　レ、レベル5？　ま、マジで？」

僕のレベルに、目を見開き驚く少女。そんな彼女に僕は微笑み頷いた。

「うん」

「だ、だって、お前どうみても初心者じゃん！」

「や、こうみえて僕魔力持ちだからね。あんまり装備には気を使わなくていいんだよ。っていうか、レベルの虚偽申告は極刑ものなんだから、そういう嘘はついたりしないって」

「……だ、だよな〜、あはは」

さりげなくレベルの虚偽について触れると、少女の脂汗が倍増した。この様子だと、やはりタブーであることは知らなかったようだ。

「うん、〝殺されても〟文句言えないしね」

「…………………………」

殺されての部分を強調して言うと、少女は哀れなほど頬をひきつらせ、顔を真っ青に染め上げた。

……ちょっといじめ過ぎたかな？　でもレベルの詐称——特に高い方——は本当に不味いのである。だがまぁ、釘をさすのはこの辺でいいだろう。

「僕はレン＝モリイ。よろしく」

僕が満面の笑みを浮かべ握手の手を差し出すと、彼女はうっすら涙を浮かべ、

「………リーン。よろしく……」

力なく僕の手を握り返すのだった。


「じゃあせっかくだし、これから軽く迷宮に潜ってみようよ」

僕がそういうと、リーンは目に見えて狼狽えた。

「こ、これから？」

「うん、善は急げっていうしね」

「えー……あー」

目をばしゃばしゃと泳がせ必死に思考するリーン。その思考が、僕には手に取るようにわかった。

彼女はいま、お断りの言葉を懸命に探しているのだ。

僕にはわかる。ビビりな彼女は、一秒でも長く迷宮に潜るまでの時間を長くしようとしている。かつて僕がギルドで冒険者登録をしようとしては、なんだかんだと理由をつけて先延ばしにしていた時のように。

そしてその引き延ばしは、誰かに強引に手を引かれない限り延々と続くのである。

僕も、あの時クロウに強引に連れていかれなければ、いまだに迷宮に潜っていなかったのではないだろうか。

ならば今度は僕が彼の役割をする番である。

もう彼と組むことはないのだろうから。

「あ、もしかして装備が整ってないとか？　……そういえばレベル５にしては装備が」

僕は微笑むと、今になって気づいたという様子で彼女の装備の貧弱さを指摘。そして怪訝な表情を浮かべると、案の定彼女は慌てふためき言い訳を口にした。

「あ、いや！　だ、大丈夫。装備はちょっとわけあって手放してるだけだから！　マジで！」

彼女の口から出た言い訳は、完全に予想通り。というか、この言い訳以外には存在しないだろう。

僕はなるほど、という風に頷き笑った。

「あぁ、道理で。レベル５にしては初心者みたいな装備だと思ったよ。まるでレベル１みたいだ、あははは」

「あは、は……」

ひきつった笑い。度重なる釘刺しに、彼女はいつ嘘がバレるかと気が気ではないだろう。

むしろここで嘘がバレた方が楽になれるのだが、それは周りから見ているものにしかわからず、
当人には決してわからないだろう。嘘とは、そういうものである。

「んー、じゃあまずは装備整えに行こうか」

「え？　い、いや、いまちょっと手持ちが……」

そんなことは百も承知である。だから、装備を買いに行くのだ。焦る彼女に、僕は間髪入れずに言った。

「大丈夫、貸すよ」

「え？」

「お金なら、僕が貸すから安心して」

もっとも、貸すのは金ではなく恩であり、買うのは彼女の罪悪感、だが。

「そ、それはちょっと申し訳ないな～、なんて。出会ったばっかだし」

「あはは、いいよいいよ。だってレベル5なんでしょ？　ならあっという間だって、毎回の収穫からちょっとずつ返してくれればいいからさ」

「………………」

これは、事実だ。彼女が真実レベル5なら、これから貸す金などすぐさま戻ってくるだろう。故に、この発言は自然。後衛の僕が、前衛の装備を持ち逃げというリスクを背負ってまで用意するのは、己の身の安全を確保するためでもあるのだから。

……無論、普通なら出会ったばかりの他人にこんなことは決してしないのだが。

「装備品は、前衛の命綱だよ。いくらレベルが高くても、装備品が貧弱だと一撃が命取りだからね」

「……いや、それでもやっぱ悪いよ、やっぱ」

それでもなお遠慮する彼女に、僕は満面の笑みを浮かべて言った。

「遠慮しなくていいって。だって僕たちもう仲間じゃん！」

「な、なかま？」

呆然と目を見開く彼女に、僕はほんのりと頬を赤らめると、気恥ずかしくなって目を逸らす。

「うん、仲間。……実はさ、僕あんまり強そうに見えないからパーティーとかになかなか入れて貰《もら》えなくて。だから声をかけてもらった時はけっこう嬉《うれ》しかったっていうか……とにかくっ、だから遠慮とかはしなくてい～んだよっ！」

ニコッ。会心の笑み。

何度か鏡の前で練習した、無垢《むく》そうに見えるその笑みは、先のセリフとの相乗効果でリーンの心に罪悪感を穿ち。

「……ぐはぁっ」

リーンは胸を撃ち抜かれたように仰け反った。

「ど、どうしたの？」

「な、なんでもない。なんでもないんだ………ごめん、本当にごめん」

「いいよ、気にしないで。じゃあ行こっか！」

僕が彼女の手を取り颯爽《さっそう》と歩き出すと。

「………ぅぅ、あたしってほんとバカ」

彼女はそう小さく呟きとぼとぼと歩き出すのだった。


それから一時間後。

僕とリーンは迷宮の入り口に立っていた。

彼女の姿は、出会った頃とは見違えていた。

腰に差してあった安物の短剣は、金貨五十枚相当のダマスカスダガーに、動き易《やす》さを重視したのか、胸当てと手足のプロテクターのみの軽装鎧《よろい》は、ミスリルの白銀の輝きが眩《まぶ》しい。

それは恐らく、金貨百枚というカネの輝きなのだろう。くすんだオレンジの髪も、ミスリルにつられて明るく見えるほどだ。

今のリーンはどこからどうみても中堅冒険者。今の彼女なら、パーティー参加も断られたりなどしないだろう。

一般庶民の平均年収を軽く超えた装備に身を包み、キラキラとした輝きに照らされるようなリーンの顔は、しかし通夜の如く暗かった。

まるで、これから死刑執行されることを知った死刑囚のようである。

……まぁ、原因はわかりきっているのだが。

「それじゃあ探索出発といきますかぁ」

「…………ぅん」

「初探索だし、様子見ってことで三階層くらいを目処に探索しようと思うんだけど、どう？」

「さ、三階?!　い、いやー、それはちょっと潜り過ぎかなー、なんて」

狼狽《ろうばい》を露《あらわ》にするリーン。レベル1で三階層など、通常自殺行為なのだから当然だ。

「そうかな？　レベル5二人なら妥当だと思うんだけど。まぁ今日は初だしね、一階を軽く回って連携を確かめることにしようか」

「うんうん！　それがいいって！」

「といっても僕は魔法専門だからリーン一人で戦うことになると思うけどね。たかが一階だし」

「…………え？」

「え？」

「い、いや、なんでもないっ。一階のゴブリンくらいオレ一人でよゆーよゆーっ、あっははは、は……」

「だよね～、あははは────じゃ、行こうか」

「お～………」

リーンは力ない掛け声をあげると迷宮へと降りていくのだった。


迷宮内でのリーンの怯《おび》えっぷりは、見ていて哀れなほどだった。

もはや取り繕《つくろ》う余裕もないのか、お化け屋敷で親とはぐれた幼子のようにキョロキョロと辺りを見回し、物音が一つする度にビクッと身体を固くする。

それからすぐさまダガーを抜き放ち引け腰でそれを構えた後、杞憂《きゆう》であったことを悟りホッと一息。しかるのちに思い出したように僕の方を向いて「どうやらオレの殺意に恐れをなして尻尾を巻いて逃げ出したようだなっ」などと強がるのだ。

その後しばらくすると「……今日はゴブリンどももいないみたいだし、帰らないか?」と上目遣いに聞いてくる。

そのあまりの愛らしさに僕はついつい頷きそうになりながらも「とりあえず一戦はしようよ」と引き留め、時に「じゃあ二階に行こうか」などと言うと彼女は「い、いや！　微かにゴブリンの気配がするっ！　二階まで降りる必要はないかも！」と慌てるのである。

そんなやりとりを延々と続け、迷宮に入って一時間後、ようやく僕らはゴブリンに遭遇した。

「一、二、三体か。まだこっちには気づいてないみたい」

「…………………」

指差して数え、リーンを振り向くが、彼女は無言。顔は強張り、身体は硬直している。

僕がそんなリーンの肩に手を置くと、彼女はビクッと身体を震わした。

「じゃあよろしくね」

笑顔でそう言うと、彼女はひきつった笑顔で頷き、ダガーを抜いた。

「……やってやる、やってやるぞ。大丈夫、ゴブリンくらいなんとかなる……」

ぶつぶつと小声で呟きながらゴブリンを睨《にら》み付けるが、その眼は涙目であり、一向にゴブリンに向かっていく気配はない。

「……どうしたの？　早くしないとゴブリンに気づかれちゃうよ？」

「……っ！」

僕がそう言うと、彼女はぐっと表情を引き締めようやくゴブリンへと駆け出した。

その動きは、意外にも素早い。

走る速さだけならば、クロウにも匹敵するかもしれない。

だが。

「ギッ!?」

「ヒィッ！」

ゴブリンが駆け寄る彼女に気づいた瞬間、彼女の脚は急速に鈍り、やがて立ち止まってしまった。

そんなリーンは絶好のカモであり、ゴブリンたちはその猿顔に笑みを浮かべると彼女に殺到する。

「あ、あ………」

迫りくるゴブリンたちは、彼女にとって恐るべき脅威であり、哀れな少女はただ身体を震わすばかり。

やがてゴブリンとの間合いはゼロとなり、先頭のゴブリンが剣を振り上げ、ようやくリーンの硬直は解けた。

「う、うぁあぁあぁああ！」

彼女は叫び声をあげると、手に持ったダガーを矢鱈目鱈《やたらめったら》と振り回す。完全なパニック状態。

さすがのゴブリンも、そんな素人の攻撃にやられるほどではなく、かすりもしない。

「ガァッ！」

「ヒァッ！」

ゴブリンの剣が振り下ろされる。それを彼女はとっさに腕でガード。ミスリル製のプロテクターは、一階層の魔物如きではかすり傷一つ付けられやしないが、彼女の心は別だった。

「うぁっ……あぁっ……ヒァアッ」

怯えきった声を上げ、手に持ったダガーを落としてしまい、命からがら攻撃を避ける。

生来の敏捷《びんしょう》さからかなんとか躱《かわ》し続けているが、恐慌に陥《おちい》った状態でそれが長続きするわけもなく。

「あっ……！」

やがて彼女の脚は縺《もつ》れ合い、転倒。ゴブリンがその隙を見逃すわけがなく凶刃が高く振り上げられる。それを見た彼女の目が大きく見開かれ――――。

その瞬間、僕が放った〝エーリカの束縛〟がゴブリン達の身体を麻痺《まひ》させた。

「ギッアッ!?」

身体を痙攣させ、剣を取り落とすゴブリン。

「へ？　あ？」

身を起こし、とっさにゴブリンから離れるものの、混乱するリーン。

僕はそんな彼女にそっと近づくと、その細い身体を後ろから抱き締めた。

それで彼女はようやく僕の存在を思い出したのか、まるで蛇の舌に巻かれたカエルのように身体を硬直させた。

そんな彼女の耳元で、僕は囁《ささや》くように言った。

「…………君、本当にレベル５？」

「う……あ……」

「嘘だよね……レベル5って」

「ご、ごめんなさいっ！　い、言おう言おうと思ってたんだけど、ついタイミングを逃しちゃって……！」

「………へぇ」

「あ、あの、あの………こ、この装備のお金は返すから！　絶対返すからっ、一生かかっても返すから！　その、ご、ごめんなさい！」

涙目で必死に謝るリーン。そんな彼女に、僕は内心ほくそ笑みながら囁きかける。

「………言ったよね？　レベルの詐称は、冒険者のタブーなんだよ？」

「……あ、ぁ、あぁぁ」

「――なーんてね」

そういって、僕はリーンの身体を放した。

「……へ？」

「実はなんとなく気づいてたんだよね、君が本当はレベル1なんじゃないかって」

「え？　え？　じゃ、じゃあどうして？」

「どうしてって？」

「だ、だってレベル1って知ってたなら、ぱ、パーティー組んだり、そ、それに装備とかっ！」

「あぁ、それね。それはだって――」

ニヤリと笑う。

「――すぐに嘘じゃなくなるからね」

「え？」

「君は才能あるよ。僕にはすぐにわかった。一目見て、これは強くなるな、って思った」

無論、嘘だ。才能があるかなんてわかるはずがない。ただ、弱いうちから面倒を見てやれば僕を裏切らないと思ったから、こうして大金を払ってでも引き込もうとしているのだ。

「つ、よく？」

呆然と、問い返すリーン。そんな彼女に僕は優しく微笑むと頷いた。

「うん。今レベル5じゃなくても、すぐ強くなるなら一緒だよね。……だってこれからパーティー組んでいくことになるんだから」

その言葉に、リーンはくしゃりと顔を歪《ゆが》めた。泣き顔。けれどそれは、悲しさからではなく嬉しさからのもの。

「ほ、本当に……？　本当に、強くなれるかな？」

リーンは、僕の胸に顔を埋めるようにして泣きながらそう言った。

辛かったのだろう。今までずっと、邪険にされてきたのだろう。

彼女がどんな理由で冒険者になろうと思ったかは知らない。だが、装備もなく、魔力も持っていないだろう彼女が、他の冒険者に掛けられた言葉は予想がつく。すなわち、お前なんて要らない、だ。

そんな彼女が、演技抜きにいとおしく、僕は彼女の頭を優しく撫でながら言った。

「もちろん、僕が保証するよ。じゃあまずは、あいつらを倒すことから始めようか」

「……………うん」

僕が拾ったダガーを渡しながら言うと、リーンは涙を拭《ぬぐ》い、幼い子供のようにコクリと頷いた。

「さぁ、目を瞑《つむ》って。余計な力を抜くんだ」

言われるままに目を閉じるリーンに、そっと囁きかける。

「今、君の中には十の力がある。その力はほとんどが戦う力に向けられてない。だからうまく戦えない」

でたらめ。彼女に力が眠ってるかなど、僕が知るわけがない。緊張のあまり力を出しきれてないところはあるだろうが、人間そんなに劇的に変わるもんじゃない。

「今から僕が十数える。一つ数える度《たび》に、力が戦う力に変換される。そうイメージするんだ。いい？」

「うん」

だからこれは布石。これから僕がすることが、自分の力だと錯覚させるための、布石。

「じゃあ数えるよ、一、二、三、四、五、六、七、八、九」

――十。

数え終わった瞬間、僕はスキル【怠惰】を使用。魔力が消費され、彼女の身体を包み込む。

――スキル【怠惰】。

グレーターデーモンの戦いからしばらくして、迷宮での戦いをほぼ全てクロウに任せているうちに習得したスキルだ。

その効果は、魔力を消費することにより、他者のステータスを一時的にブーストすること。

魔力1につきステータス一つ。時間は十分と非常に燃費が悪いが、この一時的なレベルアップと言えるスキルは、戦闘は他人任せな僕には持ってこいのスキル。

リーンの【反応】はいま、本人も気づかぬ間に二倍となっていた。

「さぁリーン、僕に見せてよ。リーンの本当の力を」

視線を前に向けると、ちょうどパラライズの効果が切れたゴブリンどもがゆっくりと起き上がろうとしているところだった。

ゴブリンどもは顔を怒りに歪めており、その憤怒の表情はゴブリンに慣れた僕ですら少しビビるほど。

しかし先ほど殺されかけたにもかかわらず、リーンの顔には一切の怯えの色はなく。

あれ？　と僕が疑問に思った瞬間、彼女の姿が消え。

次の瞬間には、先頭のゴブリンAの首が飛んでいた。

「は？」

どさり。重いものが落ちる音でようやく僕は何が起こったか悟った。

僕とゴブリン達は呆気《あっけ》に取られ、倒れ伏したゴブリンAの死体を見た。

まさか、これ……リーンがやったのか……？

お、おいおい、全く見えなかったぞ。

比喩表現ではなく、本当に消えたように見えた。そして、次の瞬間にはゴブリンの首が飛び、リーンは十メートル近く離れた場所にいた。

常軌を逸した速さ。あり得ない。僕はただ、反応を二倍にしただけだ。一体どれほど元の敏捷さが高ければこれほど速くなるんだ？

僕たちの視線の先で、リーンが信じられない、とばかりに自分の手を見つめて言った。

「身体が……軽い。これが、……あたしの本当の力？」

リーンは一度天を仰ぎ見るように上を向くと深呼吸。

再び前を向いた時には、その目には強い光が宿っていた。

それは、僕にはなくて、クロウにには有るもの。強者の、輝き。

呆然とする僕らの中で、いち速く立ち直ったのはゴブリンBだった。

リーンへ駆け出していくゴブリンBを見たゴブリンCもまた我に返り剣を振り上げリーンへと向かう。

そんなゴブリン達を、静かな面持ちで迎え撃つリーン。ゴブリンたちの剣戟《けんげき》を身体を反らすだけで躱していく。剣先と体までの距離は一センチもないだろう。

完全に、見切っている。

反応のステータスを1上げただけで、これほど変わるものなのか？

僕はゴブリン達の連携の取れた攻撃を、自分の力を試すように反撃することなく躱し続けるリーンを、呆然と見つめた。

その姿は、先ほどゴブリン達に無様に逃げ惑っていた彼女の姿とは別人のよう。

仮に先ほどの彼女のステータスを二倍にしたとしても、今の彼女の動きはできないだろう。

つまりさっきまでの彼女は本当に潜在能力の十パーセントも出せずにいたのだ。

それが、僕の出任せによりプラシーボ効果が生まれ、彼女が本当の力を自覚した。

僕のブーストなど、ほんの後押しにしかなっていないだろう。

子猫だと思っていたそれは、本当は虎の子だったのだ。

踊るように躱し続けていたリーンの動きが、止まった。

ゴブリン達は、肩で息をし戦慄の面持ちで彼女を見ている。

気持ちはわかる。

先ほどまで圧倒的な弱者であったはずの獲物が、一瞬で太刀打ちできぬほどの化け物への変貌したのだ。現実を疑う気持ちだろう。

そんなゴブリン達を冷めた眼で見ていたリーンの腕が、一瞬霞《かす》んだ。

目を凝らしていなければ、見逃しただろうほどの一瞬の動き。

それだけで、ゴブリンの一匹が死んだ。

まず変化のあったのは、剣を握った重かった両腕。ピッと赤い線が走ったかと思うと、ずるりと地面に落下。続いて、落下する両腕を追いかけるように下を向いたゴブリンの首が、ズズ……と滑り落ちた。

それを見た最後のゴブリンの身体が、ギクリと硬直する。ゴブリンの習性。一人になると身体を硬直させるというゴブリンの習性は、今のリーンを前にするにはあまりに無防備過ぎた。

リーンの右腕が消える。棒立ちとなったゴブリンの身体に無数の線が走り、一拍の後、やっと斬られたことに気づいたようにバラバラの肉片と化した。

ダガーを鞘《さや》に納めた彼女がゆっくりと僕に振り返る。

僕の身体がビクリと震えた。

そんな僕に今や僕よりも圧倒的強者となった少女は、笑みを向けてくる。幼子が親に見せるような満面の笑顔。

それに、僕はひきつった笑みしか返すことができなかった。

舎弟。

あまりに儚《はかな》い夢であった。

《～ギルドQ&A～》

Q：自分よりも格下だと思っていた舎弟が、実は圧倒的に格上であることが発覚しました。これからどうすればいいでしょうか。（新米冒険者R）

A：よくあることです。もしあなたが今までその元舎弟さんを扱《こ》き使っていたり、いびっていたりしたなら今すぐ遠いところに逃げましょう。復讐される可能性があります。

空を、見上げていた。

淡い色合いの青色。まばらに散らばる雲。その吸い込まれそうな広大さは世界が違えど同様で。

この広い空の下、元の世界と繋《つな》がっているのではないか。

そんな錯覚を抱いた。

風が強いのだろう。青いキャンバスの中、白い雲が目まぐるしく形を変えては流れていく。

流れた雲は、そのまま世界を旅し僕が見たこともない風景を知るのだろう。

っていうか僕も雲のように流されて～、どっか誰も知らない土地にとんずらして～。

空を見上げて現実逃避してみたが、どうやら現実は僕に逃避すら許してくれないらしい。

今も現実は可愛いらしい少女の形をして背後にまとわりついていた。

「レン姉《ねえ》、レン姉。どこ行くの？」

リーンが、無邪気な笑顔を浮かべながら問いかけてくる。

その表情からは、とても先ほどまで嬉々としてゴブリンを殺戮《さつりく》していた面影は見られない。

だが、その柔らかそうなほっぺについたゴブリンの返り血が、少女の内に秘められた残虐性を物語っていた。

あのゴブリンとの戦いの後、リーンは今までのビビりっぷりが嘘かのようにその肉食獣としての本能を開花させていった。

自身の本来の性能に気づいたリーンは、腕試しをするかのように迷宮を徘徊《はいかい》し、出会ったゴブリンを片っ端から切り刻んでいった。

その速さは、まさに疾風。目にも止まらぬ速さで駆け抜け、敵を切り刻む。

無論、念のため毎回【反応】にブーストは掛けたが、これは異常なことだ。

この世界の素早さは、【筋力】と【反応】で決まる。

【筋力】だけ上げても、【反応】が低ければ動きはトロイものになるし、また【反応】だけ上げても筋肉がそれについていてこれなくなる。

そして、リーンは恐らく【反応】こそ常人を遥《はる》かに超えてはいるが、その【筋力】は見掛け通り非力な少女だ。

あれほどのスピードを出せるはずがないのだ。

このからくりの種は、もちろんレアスキルにあった。

スキル【韋駄天《いだてん》】。

このスキルは、【反応】が活かせるレベルまで【筋力】を上げるというものだ。

これの恐ろしい点は、もし【反応】が飛び抜けている人間がいたとして、そいつの【反応】を10にした場合、【反応】に釣り合うように【筋力】が20という常軌を逸した値になることだ。

【筋力】が上がれば、上昇するのは速さだけではない。攻撃力も上がる。

圧倒的な速さ、万物を切り裂く怪力、そしてそれを使いこなす反応。

誰にも触れることができず、攻撃を防ぐ術もない。

さて、そんな最強キャラに対し僕はどうすればいいか。

相手が敵意を持っているなら逃げるしかないだろう。

本音を言うなら、今すぐにでもどこかに逃げてしまいたいくらいだ。

だが相手が少しでも好意を持ってくれているなら。

相手が絶対にこちらに牙を剝《む》かないようにできるなら。

失敗すれば殺されるかもしれない。だが、試してみる価値はあった。


ザパーン……！

熱いお湯を、頭からぶっかける。

身体中のベタつきが取れていく感覚が、心地よい。

ホッと一息吐くと、僕は振り所在なさげに立つリーンを手招きした。

「さ、こっちに来て。背中を流してあげるよ」

「う、うん……」

なぜか、ガチガチに緊張したリーンがおずおずとこちらに歩みよってくる。

その拍子に、幼い身体には不釣り合いなほどの乳房がぷるんと揺れた。

……やはり、デカイ。D、いやEはあるか。

初めてあった時は、それほどの大きさには見えなかったが、それはさらしを巻いていたためで本当はかなりの巨乳だったらしい。

僕は、柔らかい布を手に取ると、石鹸《せっけん》でよく泡立て、リーンのその白くて細い背中を丁寧に洗い始めた。

僕とリーンは、今、風呂屋に来ている。

ほとんど戦わず、スカーフの効果で悪臭もついていない僕と違い、リーンは返り血に悪臭と酷い有り様だったからだ。

このままでは、酒場にも入店拒否されるおそれがある。飯の前にひとっ風呂浴びようという話になったのだ。

というか、そういう方面に僕が持っていった。

そう、この風呂場での裸の付き合いというシチュエーションに自然に持っていくために。

ちなみにこの世界の銭湯は、個室に風呂桶《ふろおけ》がおいてあり少数で入浴するスタイルである。魔道具でお湯を出す仕組みなので、大浴場に大量の水を張るよりも個別に風呂を用意する方が経済的なのだ。

「へぇ……じゃあリーンって、孤児院出身なんだ」

背中を洗いながら、会話をする。

緊張気味だったリーンも、徐々にリラックスしてきたのか背中の強張りも抜けてきつつあった。いい傾向《けいこう》だ。

「う、うん……でもあたしの所はあんまり裕福な方じゃなくて、お金持ちになって贅沢《ぜいたく》したいなぁと思って冒険者になったんだ」

食い扶持が一人減れば孤児院の負担も楽になるしね、と笑うリーン。

「なるほど……、男のフリをしてたのは？」

「ん～、やっぱり女ってだけで嘗《な》められるし、それに女の子の格好をしてると男の冒険者に襲われそうになることがあるんだ」

その言葉に僕は深く頷く。

「あぁ、わかるよ。僕も一度危険な目に遭った。リーンは可愛いし、それに……」

そっと、リーンの乳房に手を伸ばす。

「ひゃっ、れ、レン姉？」

ビクッと身体を震わし、こちらを振り返るリーンに、僕は妖しく微笑みながら優しく乳房に手を這《は》わせた。

「こんなに大きくて形の良いおっぱいだったら男が放っておかないよね」

「………………………」

リーンはカァッと顔を赤らめ俯《うつむ》く。

そんなリーンの耳元で僕はそっと囁いた。

「前も洗うよ」

「ど、どうして素手なの……？」

「だって、女の子のおっぱいはデリケートだからね、特に丁寧に洗わないと…………………嫌？」

「い、嫌じゃない………けど」

「けど？」

「は、恥ずかしい……」

耳まで赤くして俯くリーン。そのあまりの愛らしさに、僕は鼻血が出そうになるのを必死に堪《こら》えた。

「気にしないで。僕たちこれから末長く付き合っていく仲間じゃない」

なぜ仲間だから良いのかは、僕にもわからないが、リーンは目を潤ませるとこくりと頷いた。

やっぱり、この娘は仲間という言葉に弱い。

今まで一人でやってきたからだろうか、なんにせよ、この仲間という単語は使い勝手が良さそうだ。

優しい笑みの裏側でそんなゲスいことを考えながら、僕は泡まみれの手でリーンの身体を洗い始めた。

「ん…………」

左手でギュッとリーンを抱き寄せ、右手を腹部に這わす。

胸を背中に擦りつけるようにしながら、くるりくるりと子宮の上辺りで右手を回す。

【淫魔《いんま》の肌】の力がゆっくりと子宮に浸透していくのをイメージしながら。

すると、備え付けの鏡越しにリーンの瞳がとろんとしていくのがわかった。

それに内心ニヤリと笑い、僕は違和感を持たれないよう徐々に、徐々に淫魔の肌の力を右手に集めていった。

「ん、く……」

「ふ、ぁ……んっ」

「あっ、はぁ…はぁ」

「ふぅっ……んんっ、あっ、……はぁ…はぁ…！」

時間が経《た》つごとにリーンの体は赤みを増していき、吐息は荒く熱っぽいものへと変わっていく。

十分も経った頃には、リーンの呼吸は喘《あえ》ぐようなものに変わっていた。

頃合いだな。

そう判断した僕は、焦《じ》らすようにツツツ……と指を胸の方へと移動させていく。

その這い上がるような快感に、リーンは、ゾクゾクゾクッと身体を震わせた。

僕は淫魔の肌の力を集めた手でそっと乳房を包み込むと、さわさわと撫でるように洗い始めた。

強く揉《も》んだりはしない。焦らす意味合いもあるが、一応身体を洗っているという建前だからだ。

さわさわと胸を洗っていると、徐々に手の中でコリコリとしたものが大きさを増していく。

乳首だ。

その可愛いらしい突起物は、洗い始めの頃とは比べ物にならないほど硬く大きくなっており、痛いほどじんじんしているだろうことが見て取れた。

キュッと乳首を摘まみたい衝動に駆られたが、ぐっと堪える。

代わりに、手の動きを大きく激しくし、時折乳首を掠《かす》めるようにした。

「ふぁっ、あっ、んんっ」

乳首が擦れ、弾かれる度、リーンはビクッと身体を震わす。

徐々にリーンが絶頂へと近づいていくのがわかった。

それを解析で慎重に把握しながら、少しずつリーンを高めていく。

気づけば、ぴったりと閉じられていた両足はぱっくりと開かれ、その無毛の秘部が丸見えとなっていた。

幼げな恥部からは絶え間なく愛液が滴りおち、先ほどまでもじもじと脚を擦り付けていたのだろう、太ももまで愛液でコーティングされていた。

完全に出来上がっている。

僕は内心ほくそ笑み、手を乳房から下の方へと移動させていく。

今にもイク寸前だったリーンは、一瞬悲しげな表情を浮かべたが、手が下の方へと向かっていることに気づくとゾクゾクと身体を震わした。

僕の手は、鳩尾《みぞおち》、腹部、下腹部を経《へ》て秘部へと到達し、そして太ももへと向かった。

えっ、という顔でこちらを振り返るリーンに気づかないフリをし、僕は太ももの内側に手を這わせた。

太ももへと愛撫《あいぶ》は、快感にはほど遠い気分を高める程度のものだ。

だが、こうして限界まで高ぶっている場合には、恐ろしいまでの焦らしとなる。

リーンはくぅっと歯を噛《か》みしめ耐えているが、腰は絶えずもじもじと蠢《うごめ》いている。

本来ならば両足を擦り付けているのだろうが、こうして太ももを押さえつけられていてはそれもできない。

そのまましばらくそうやって焦らしていると、リーンはもはや過呼吸と錯覚するほどに荒く息を吐き、茫洋と視線を漂わせて口の端からヨダレすら垂らしていた。

そうしてリーンが完全に蕩うつつの状態になったのを確認した僕は、ようやくその手をリーン

の恥部へと動かした。

それにリーンはうっとりとした笑みすら浮かべ、腰を浮かした。

僕はリーンの秘部を手のひらで包むようにすると、ゆっくりと擦る。

それはリーンがイかないようにと細心の注意を払ったものだったが、リーンにとってはそれすらも充分な刺激だったらしい。

「んんんっっ………!」

と身を捩《よじ》り悶《もだ》えた。

これはすぐイってしまうかもしれない。

そう判断した僕は、リーンの快感度合いによって、淫魔の肌の力を調節することにした。

高まってくれば力を弱く、波が退いたならば、力を強く。

解析で読み取った絶頂ラインを越えぬよう、しかし決して興奮が冷めぬよう一定以上にも一定以下にもならぬよう愛撫していく。

慣れない力の調節は、まるでゲームのような面白さがあり、気づけば僕はそれに夢中になっていた。

揺れ幅は、ゲームが続くにつれ小さいものになり、ゲームの難しさは増していく。

それでも僕は徐々にコツを掴んでいき、ようやく快感ラインを絶頂ライン平行まで持っていくことができた。

もはや完全に趣旨を忘れ、ふうっ、良い汗かいたとばかりに額の汗を拭った僕は、そこでようやくリーンの様子に気づいた。

リーンは完全に瞳孔が開ききり、ハッハッハッハッハッと犬のように舌を出して荒く息を吐くだけだった。

目の前で軽く手を振っても、何の反応もない。

僕の顔がひきつる。

不味い、やり過ぎた……。

どうするか。リーンを正気に戻すには一回イかすしかないだろう。だが、今後のことを考えると今はまだリーンをイかせたくはなかった。

僕は少し考えた末、洗面器にお湯を注ぎそれをリーンの頭からぶっかけた。

「はぷっ……!? ふぇ……? ……………レン姉?」

多少正気を取り戻した、けれど未だ熱に浮かされたような顔のまま僕を見上げるリーンに、僕は心配そうな表情を浮かべながら言った。

「大丈夫? もしかしてのぼせちゃった? 髪の毛洗ったらもう上がろうか」

まるでヤらしいことなんて全くしてませんよ? というような顔の僕に、リーンはカッと顔を赤らめる。

気持ちよくなってしまったのは自分がイヤらしいからで、僕はただ身体を洗ってくれただけと思っているのだろう。

実に良い娘である。

「だ、大丈夫です」

「そう？　でも体調悪くなったら言ってね？」

そういって、シャンプーを手に取るとリーンの頭を丁寧に洗っていく。

美容院で頭を洗ってもらったことのある人ならわかると思うが、他人に頭を洗ってもらうのは、自分で洗うよりも数倍気持ち良い。

案の定リーンも先ほどまでの羞恥による身体の強張りを消し、再びリラックスモードに入った。

だが、そうなれば再燃してくるのは身体の火照りである。

あそこまで焦らされた身体からは、そう簡単には熱は退かない。

一晩寝て、朝を迎えたとしても完全には抜け切らないだろう。

そんな強い欲求不満の中、なんの刺激もなく耐えるのは不可能に近い。

案の定リーンもまた、耐えることはできず、こっそりとオナニーを始めていた。

ぴったりと閉じられた両足の間に、両手を差し込んだその姿は、一見普通に座っているように見えるだろう。いくら怪しくともオナニーしていると考えるのは、邪推が過ぎる。

だが、赤く火照った顔、荒い熱っぽい吐息、もじもじと動く身体を見れば、何をしているのかは一目瞭然だった。

そして何よりも、僕の解析は誤魔化せない。僕の目には、緩やかに上昇していく快感ラインがはっきりと観測されていた。

それでも、僕は黙って髪を洗い続けた。

僕が指摘しないことで、バレていないと思ったのか、リーンの自慰は激しさを増していく。

やがて快感ラインは絶頂ラインに近づき、今にもそのラインを越えんとしたその瞬間。

「じゃあお湯流すよ～」

「ッッッ！」

ストップを掛けた。

ビクッと身体を震わす、リーン。

絶頂ライン目前にまで迫った快感ラインは急停止し、そして緩やかに下降していった。

またしてもお預けとなってしまった快楽と、僕にバレなかったかという不安の板挟みに泣きそうな顔になるリーン。

そんな彼女に気づかないフリをし、僕は黙ってお湯を掛けた。

泡が洗い落とされ、明るいオレンジ色を取り戻した髪が姿を現す。

頰に張り付いた髪と、赤く火照った顔、切なげに潤んだ瞳は、とても十代の少女には見えないほど色っぽい。

もし僕が男の身体だったら、一秒たりとも我慢できずに押し倒していたことだろう。

それほどまでに魅力的な少女を前に我慢するのはもはや修行の域に入っていたが、今は我慢するしかない。

相手はユーウェとは話が違う。一瞬で、僕を殺すことができる強者なのだ。

慎重に、慎重に事を運ぶ必要があった。

「ん～～、やっぱりちょっと顔が赤いなぁ、ちょっとふらふらしてるし、ちょっとのぼせてる？」

先ほどと同じ質問。だが、今度は彼女はごまかさなかった。

「…………そう、かも」

「そう……じゃぁ今日はもう上がろうか」

そう問いかけると、リーンはこくりと頷いた。

その頭の中は、もう一秒でも早く宿に帰ってオナニーすることだけしかないだろう。

今のところすべてうまくいっている。

僕は心の中で笑みを浮かべつつも、リーンの肩を支えてあげながら風呂を出た。


「じゃぁ、気をつけて帰ってね」

風呂屋を出た僕は未だ焦点《しょうてん》の定まらぬ瞳をし、呼吸の荒いリーンにそう声を掛けた。

だが、リーンは少しボーッとして返事をしない。潤んだ瞳でこちらを見つめるだけだ。

郵便はがき

お手数ですが 切手をおはり 下さい。

102-0072

東京都千代田区飯田橋2-7-3

（株）竹書房

VN
Variant Novels

悪魔に騙されてTS転生したけどめげずにハーレム目指します2

アンケート係行

A	芳名《フリガナ》									B 年齢　歳（生年　）	C 男・女
D	血液型	E	ご住所 〒								
F	ご職業	1 短大生 大学生	2 専門学校	3 会社員	4 公務員	5 自由業	6 自営業	7 主婦	8 アルバイト	9 その他（　）	
G	ご購入書店	区（東京）市・町・村	書店 CVS				H	購入日　月　日			
I	ご購入書店場所（駅周辺・ビジネス街・繁華街・商店街・郊外店・ネット書店）										
	書店へ行く頻度（毎日、週2・3回、週1回、月1回）										
	1カ月に雑誌・書籍は何冊ぐらいお求めになりますか（雑誌　冊／書籍　冊）										

●今後、御希望の方にはＥメールにて新刊情報を送らせていただきます。メールアドレスを御記入下さい。

＿＿＿＿＿＿＿＿＿＿ @ ＿＿＿＿＿＿＿＿＿＿

＊このアンケートは今後の企画の参考にさせていただきます。応募された方の個人情報を本の企画以外の目的で利用することはございません。

悪魔に騙されてTS転生したけどめげずにハーレム目指します2

8F

竹書房の書籍をご購読いただきありがとうございます。このカードは、今後の出版の案内、また編集の資料として役立たせていただきますので、下記の質問にお答えください。

J

●この本を最初に何でお知りになりましたか？

1 新聞広告（　　　　　　新聞）　2 雑誌広告（誌名　　　　　）
3 新聞・雑誌の紹介記事を読んで　（紙名・誌名　　　　　）
4 ＴＶ・ラジオで　5 インターネットで
6 ポスター・チラシを見て　7 書店で実物を見て
8 書店ですすめられて　9 誰か（　　）にすすめられて
10 Twitter・Facebook　11 その他（　　　　）

K

●内容・装幀に比べてこの価格は？
1 高い　2 適当　3 安い

L

●表紙のデザイン・装幀について
1 好き　2 きらい　3 わからない

L

●ネット小説でお好きな作品（書籍化希望作品）・ジャンルをお教えください

M

●お好きなH系のシチュエーションをお教えください

N

●本書をお買い求めの動機、ご感想などをお書きください。

＊ご協力ありがとうございました。いただいたご感想はお名前をのぞきホームページ、新聞広告・帯などでご紹介させていただく場合がございます。ご了承ください。

その姿に、僕は少し危機感を覚えた。このままでは帰る途中に誰かに襲われかねない。

「……あの、やっぱり宿まで送ろうか？」

演技抜きに心配になった僕がそう問いかけると、ようやく正気に返ったリーンは首を振った。

「ううん、……大丈夫」

「そう、じゃぁまた明日」

バイバイと手を振って踵を返す。すると、リーンに呼び止められた。

「……あの」

「うん？」

なんだろう、まだ何か用があるのだろうか？　僕は振り返る。

そんな僕にリーンははにかむように笑うと言った。

「きょ、今日は本当にありがとう。今まで生きてきた中で……一番嬉しかった」

「――……」

未だ欲情の抜け切らない赤い頰。潤んだ瞳。そんな淫《みだ》らな要素に彩られているにもかかわらず、その微笑みはあまりに純朴で。

そのギャップに僕は庇護《ひご》欲《よく》と欲情を抱いた。

そして思った――。

「いいんだよ、これから互いに命を預けて戦っていくんだから」

優しく微笑みながら言うと、リーンはパッと顔を輝かせた。

「うんっ、じゃあまた明日。あたし、頑張るからっ！」

そういって駆け去って行くリーンを僕は姿が見えなくなるまで見続けた。

――絶対に僕の虜《モノ》にしてやる、と。

リーンとパーティーを組むようになってから数日後。

僕はふと、クロウと組んでいた頃のことを思い出していた。

頼り甲斐《がい》のある逞《たくま》しい背中。思わず見惚《みと》れてしまうほどの巧みな剣技。

男であろうが女であろうが、今も昔も僕にはできなかったであろうその姿に、僕は憧憬《どうけい》を抱いていたのかもしれない。

今となってはあんな奴友達でもなんでもないが、それでも彼のことを時折思い出してしまうのは、目の前の光景が原因なのだろう。

コボルトの群れがいた。

猿のような小柄な身体に、犬の頭部。

その細い腕は一見非力そうだが、彼らの脅威はその敏捷性とコンビネーションだ。

人間の二倍ほどの速度で絶えず動き回り、鋭い牙と爪で少しずつこちらの生命力を削りとってくるその戦法は、新米冒険者の壁とすら言われている。

寡兵で撃破するのは、困難。

ただでさえ一匹に攻撃を当てるのにも苦労するのに、一匹だけに集中していると他の個体になぶり殺しにされる。

よって、コボルトとの戦闘はレベル2相当の者が一人一匹を受け持つのがセオリーであり、五匹以上のコボルトの集団は熟練冒険者にすら敬遠されがちだ。

そんなコボルトが、二十一匹という絶望的な数字の群れとして存在していた。

この大軍を前にしては、中堅冒険者と言えど狼の群れに放り込まれた羊に等しい。

だが、そんな彼らを前にして僕はなんの恐怖も抱いてはいなかった。

それは魅了で時間稼ぎをして魔法で一掃できるから――ではない。

赤い影が走る。

燃えるような髪を靡《なび》かせ、ダマスクスのダガーを構える彼女の名は、リーン。先日レベル2に上がったばかりの新米冒険者だ。

レベル2一人VSコボルト二十一匹。明らかな自殺行為だろう。

だが、僕はスキルすら使わず腕組みをして彼女を見守っていた。

リーンがコボルトの群れと接触する。

その瞬間、先頭のコボルトは無数の肉塊に切り刻まれた。

コボルトたちに衝撃が走るのがわかった。

彼らが身体を硬直させたのは、一瞬。生まれながらの狩人である彼らは、それだけで臨戦体勢に戻った。

だがその一瞬の間に新たに二体のコボルトの命が奪われた。

その様は、まるで小さな台風。触れた物を切り刻む、鎌鼬《かまいたち》でできた死の旋風だ。

これは全体が命を賭けて立ち向かわねばならぬ敵だと本能的に理解した彼らは、瞳に戦意を滾《たぎ》らせて襲い掛かる。

しかし、悲しいかな。実力の差は明らかで。彼らはまるでミキサーに放り込まれた野菜のように、その身体を次々と解体されていった。

コボルト達が決死の覚悟で突き出した爪は一つ足りとも届かず、逃げるための脚すらも、彼らが地面に着地する頃には失われている。

手も脚も失った状態で地面に投げ出され、達磨状態となったコボルト達を殺すのは、もはやただの作業であった。

コボルト達を片付けたリーンが、満面の笑みを浮かべてこちらに駆け寄ってくる。

あれほどまでに血の雨の中にいたというのに、その身体には返り血一つついていない。

それがどれほどの神業か。おまけに、それを成し遂げたのは冒険者となって一月も経っていない小娘なのである。

これを知ったら、冒険者たちは皆引退を考えることだろう。

僕は魔石回収用のホムンクルスを出しながら、駆けてくるリーンに向かって両手を広げると言った。

「おめでとう、これでリーンもレベル3だね」

リーンは僕に抱きつき、ぽふっと僕の胸に顔を埋めると、何度かその柔らかさを堪能するかのように首を振り、そしてこちらを見上げてきた。

その顔は、ここ数日の焦らし責めによる慢性的な欲求不満により赤く火照っている。

リーンは瞳を潤ませながら言った。

「ありがとう、全部レン姉のおかげだよ」

「いやいや、僕は全然戦闘に参加してないし、戦ったのは全部リーンじゃん」

「レン姉が後ろで見てくれてるだけであたしは安心して戦えるのっ」

そう言って、頭を胸にぐりぐりと擦りつけてくるリーン。その仕草は猫が甘える仕草にそっくりで、僕は彼女の頭を優しく撫でた。

すると、リーンはさらにギュッと強く抱きついてくる。

リーンは、最近戦闘が終わる度にこうやって僕に抱きついては甘えてくるのが癖《くせ》になっていた。

返り血を執拗《しつよう》に避けるのも、これが原因だ。

以前返り血でグショグショのリーンの抱きつきをスイッと避けたことがあり、それに酷くショックを受けたリーンは返り血を受けないというルールを自らに課したのだ。

そしてその縛りが、リーンの技量を凄まじく上達させていた。

それまでのリーンは、力と速さによる力押しだったが、この縛りにより身のこなしに流麗さが加わるようになったのだ。

「よしよし、可愛いヤツめ。じゃあレベル3祝いに何かご褒美《ほうび》を上げよう。何がいい？」

僕がそう言うと、リーンは少し考え込んだ後、胸に顔を埋めたまま言った。

「んー……、こうして抱きしめてくれてるだけでいい」

ちょっとキュンと来た。

なんて可愛いことを言う娘なんだろう。

これが媚《こ》びならば萎《な》えるところだが、リーンの場合はそれが本心とわかるので尚更《なおさら》いとおしい。

同時に、僕の中の冷静な部分が囁いた。

そろそろ頃合いだな。落としてしまおう、と。

風呂屋での焦らし責めの後リーンは必ず宿で自慰をしたはずだ。その際に思い浮かべるのは、まず風呂屋での快楽だろう。すると必然的に妄想されるのは僕との性交となる。

僕を思い浮かべてオナニーをしたリーンは、次第に僕のことを好きだと錯覚してゆくだろう。

もしそこまでいかなくても、性欲の対象として見るのは間違いない。

加えて、淫魔の肌による焦らし責めは自分で慰めた程度では決して解消されない。これはユーウェによって証明されている。淫魔の肌による焦らしは、魔道具などによるさらに強烈な快楽か淫魔の肌による絶頂でしか解消されないのだ。

こうしてリーンの身体は、いくら自慰をしても解消されない欲求不満により、すでに無意識的に僕の快楽を求めるようになっている。

これに、僕の甘やかしが加わり、リーンはもう軽い依存状態だ。

ここで一気に快楽責めをすることによって、彼女を僕の身体に溺れさせ虜にするのだ。

「リーンは本当に可愛いなぁ……じゃあご褒美はそれにしようか」

「え？」

「今日一晩一緒に抱きしめて寝てあげるよ。一緒にお風呂に入って美味しいご飯を食べて、夜は一緒に寝ようか」

この提案に、リーンは顔を輝かせた。

「本当っ？」

「もちろん」

「ふぁー……」

リーンは幸せそうに顔を蕩《とろ》けさせた後、ポツリと小さく言った。

「……なんだか家族みたい」

「……」

その言葉に、ハッと胸を突かれた。

孤児。

その言葉の本当の意味を僕はわかっていなかったのかもしれない。

親という無償の愛をくれてくれる存在のいない孤独。

そんな孤独を癒《いや》してくれる存在を得た時、少女は何を思うのか。

僕はギュッとリーンを抱きしめた。


さて少々しんみりした空気が流れてしまったが、やることは変わらない。

この数日毎日行われた日課の焦らし責めである。

リーンももはやこれをただの身体洗いとは思っておらず、行為はさらに過激なものとなっていた。

「ん…、ふぁ……ぁ」

リーンは今、僕にその幼い肉体に不釣り合いな乳房を揉まれていた。

淫魔の肌の力により、ただ胸を揉まれているだけで絶大な快楽を与えられているリーンは、僕のおっぱいを枕に、視線を空に漂わせ、手足を投げ出して身体を脱力させていた。

その身体は、時折海老ぞりになったり、手足をビクつかせる以外は身動きなく、完全に僕にされるがままだった。

その犬が腹を見せるような無警戒さは、そのまま僕に対する信頼を表していた。

「くぅん……ぁ、はぁ……！　ぁ、あぁ…！」

リーンの巨乳は、大きく揉みごたえがあり、弾力性に富んでいつまで揉んでも飽きることはない。

そんな素敵なおっぱいに報いるために、僕も淫魔の肌と今まで培ってきたテクニックを駆使してできる限りの快感を乳房に叩き込んでいた。

その甲斐あって、まだおっぱいしか揉んでいないのに、リーンは目を虚ろにし、呼吸を荒くして、秘部はおもらしと錯覚するほどに大洪水となっていた。

リーンの乳房は、感度が限界まで上がった状態となり、乳首はクリトリスに匹敵するまでに敏感となっている。

試しに軽く乳首を摘まんでみるとくぅぅぅっ、と歯を食い縛って仰け反った。

恐らく、このまま胸を弄《いじ》っているだけでリーンはあっさりと絶頂してしまうことだろう。

だが、今日はリーンをイカすのはベッドの上と決めているのだ。

なので僕は胸への愛撫を止めると、リーンの全身を丁寧かつ素早く洗い始めた。

「………え？」

と疑問の声を上げるリーンをよそに、僕はリーンの身体を洗っていく。

そこに淫魔の肌による快楽はあるだろうが、愛撫による快楽はない。

必然物足りない表情をするリーンに、僕はそっと囁いた。

「これ以上やるとのぼせちゃうからね。今日はご馳走《ちそう》がこれから待ってるんだから。…………続きは宿で、ね」

耳元でそう囁かれたリーンは顔をこれ以上ないほど赤くし、こくりと頷いた。


そして夕食後、僕らはリーンの宿へと向かった。

リーンの宿は大体僕が今泊まっている宿屋と同じランクで、それまでは安宿に泊まっていたらしいのだが最近引っ越したそうだ。

「じゃあ今日はもう遅いし、寝ようか」

僕はそういうと、おもむろに服をすべて脱ぎ出した。

いきなり裸になった僕に、リーンはギョッと目を開く。

「えっ、ど、どうして服を脱いでるの？」

「え？　普通寝る時は脱ぐでしょ」

動揺するリーンに、僕はなに食わぬ顔で言う。

無論、嘘だ。まぁ、こちらに来てからは毎晩ユーウェとセックスしながら寝てるので、ある意味では間違いではないが。

「さ、リーンも早く服を脱いで」

一糸まとわぬ姿となった僕は、ベッドに横たわりリーンを呼ぶ。

「う、うん……」

リーンはしばしためらっていたようだが、僕がさりげなくおっぱいを揺らすとごくりと唾を飲んで服を脱ぎ出した。

前々から思っていたが、この娘はなぜか僕のおっぱいが大好きである。

何かにつけて顔を埋めたり、枕にしたり、……母性を感じているのだろうか。

リーンは服を脱ぐと、ベッドに潜り込んできたが、なぜかガチガチに緊張しており、やや離れたところで横になった。

僕はそんな彼女を引き寄せるとギュッと抱き締めた。

「れ、レン姉!?」

慌てふためくリーンに、僕はそっと囁く。

「そんなに離れたところにいないで一緒に寝ようよ。今日はリーンのお祝いなんだから……甘えてもいいんだよ?」

「…………うん」

リーンはコクリと頷くと、そっと僕の乳房へと顔を埋める。

僕はリーンの頭をそっと撫でながら、彼女を抱き寄せ、脚を絡ませて、完全に密着した状態にした。

そして、背面部の淫魔の肌の力をリーンと密着している前面部へと集める。

一点に集中していないため、じわじわと弱火で炙《あぶ》るような快楽。

それでも連日の焦らし責めにより芯に種火がついた状態ならば、欲情の灯火を燃え上がらせるには充分過ぎる燃料となる。ましてや、風呂場での欲情も残っているならばなおさらのことだ。

リーンの様子が変わってきたのは、それから十分後のことだった。

吐息が熱っぽいものへと変わり、瞳が潤み始める。しきりにもぞもぞと動き、絡ませた太ももを擦り始めた。

秘部を太ももに押し付け始めたのはそれから五分後のことで、太ももが愛液でぐっしょりと濡《ぬ》れた頃、僕は動き始めた。

「もしかして、オナニーしてる……？」

この言葉に、リーンはサァッと顔を真っ青にして慌てふためき始めた。

「ッ?!　ち、ちがっ……!?」

「違う？　でも僕の太ももはこんなにぐっしょり濡れてるんだけど」

「あ、あ、ち、違う。違うの、レン姉……これは、その違くて」

リーンはもはや、見ている方が哀れになるほど狼狽し、顔を蒼白《そうはく》にしていた。

僕が彼女の肩に手を置き、そっと引き剝《は》がすと、リーンはまるで死の宣告をされたかのように顔を絶望に歪めた。

そんな彼女を安心させるように僕は優しく微笑む。

「そんなに、怖がらなくていいよ。別に、怒ってるわけじゃない」

「え……？」

呆然とするリーン。

「むしろ嬉しいんだ。リーンも同じ気持ちってわかって、さ」

くるりと身体を回転させ、リーンの上に跨《また》がる。そして両腕で彼女の二の腕を押さえつけた。

急変する事態についていけないリーン。

「え？　あ？　ど、どういう……？　んっ……！」

口づけ。

リーンのそのみずみずしい唇は、まるで果実のように甘く気持ちいい。その唇を割って舌を潜り込ませ、彼女の可愛らしい舌を捕らえると、淫らに絡ませた。

勿論、その際に淫魔の肌の力を舌に集めておくのは忘れない。

突然のことに目を白黒させるリーンだったが、やがて淫魔の肌の快楽のためだろう、瞳を蕩けさせてゆく。

ふんふんと甘い鼻息を漏《も》らしながら舌を絡ませ続けていると、次第にリーンも舌を絡ませてくれるようになった。

たっぷり数分は淫らなキスをした口唇を離すと、リーンは熱に浮かされたように顔を赤く上気させ、潤んだ瞳で僕を見つめていた。

僕はぺろりと唇についた唾液をなめとった後、妖しく微笑み言った。

「リーンが可愛くていとおしくて大好きだってこと。リーンも同じ、でしょ？」

「うん……レン姉のこと、大好き」

そして僕らは自然と唇を重ねあった。


「ね、ねぇ、どうして手を縛る、の？」

柔らかい布で、両手をベッドの背もたれに拘束されたリーンが、ひきつった顔でそう言った。

なんでと聞かれたならば、こう答えるしかないだろう。

「それは、僕の趣味」

今僕は恐らく最高にいい笑顔をしているだろう。

あまりにはっきり言われたためか、リーンは二、三度パクパクと口を開いた後、力なく頷いた。

「わかった。あたし、頑張るよ……」

「あはは、そんなに心配しなくても大丈夫だって。ちゃんと気持ちよくさせてあげるから、さ」

そう言って、僕はリーンに覆《おお》い被《かぶ》さる。

そしてキスをしながら、右手をリーンの胸へと這わした。

人差し指に力を集め、麓から山頂に向かって螺旋《らせん》を描くように登らせてゆく。

「んんっ」

今日一日散々愛撫され、非常に敏感になった胸を責められたリーンは、虫が肌を這い上がったかのように鳥肌を立て、ゾクゾクと身体を震わせた。

こんな風に焦らされるのは辛いのか、リーンは乳首へと近づく指に熱い視線を送る。

その期待に応えるように指は徐々に乳首へと近づき、乳首にちょんと触れるとまた螺旋を描きながら下がっていった。

「あんっ……え？」

ようやく待ち望んだ刺激が来たと思ったのに、すぐさま遠ざかっていく指に、リーンは呆気に取られ切なげに顔を歪めた。

それでもその顔がどこか興奮しているように見えるのは、ここ最近の焦らし責めでリーンの中でなんらかの性癖《せいへき》が生まれてしまったためか。

リーンが嫌がっていないのならば遠慮する必要はない。

僕は右手の動きはそのままに、その可愛らしいおへそへと舌を這わした。

「ふわっ」

生まれてから一度もそんなところを舐《な》められたことがないのだろう。快楽ともくすぐったいともとれる声を上げるリーンをよそに、僕は舌を徐々に下の方へと下げてゆく。

舌は下腹部、子宮の上、恥骨を経てやがてその小さな淫核へと到達する。

未だ皮を被ったままのその淫核をぺろりと一舐めすると、リーンは驚くほど艶やかな声を上げて仰け反った。

だが、僕はクリトリスから舌を離し、再びおへそへと舌を這わしてゆく。

さすがにこの時点でリーンも僕の狙いがわかったのだろう。

眉をハの字に歪め、悔しそうに唇を噛み締めた。

「ッ……！　んっ……、ッゥ…！」

指が乳首に、舌がクリトリスに触れる度に、身体を強張らせるリーン。けれど、その唇からは決して嬌声が出ることはない。

それは、身動きできないリーンのせめてもの反抗なのだろう。

だが、込み上げてくる切なさを必死に堪えても、その身に埋め込まれたここ数日の欲求不満の種は消えたりはしない。

女体という土壌に、焦らしという水をたっぷりと撒《ま》かれたことで、その種は発芽し、発情という名の花を咲かせようとしていた。

それを証明するかのようにリーンのその下の花は見事に赤く咲き誇り、とろとろと甘い蜜を垂れ流していた。

僕はその蜜を指で掬《すく》うと、リーンの顔の前に見せつけるように持ってきた。

「見てよリーン。こんなに濡れてる」

さすがにリーンもこれには恥ずかしかったのか、カッと顔を赤らめるとか細い声を出し顔を背けた。

「やぁッ……！」

「恥ずかしがることないのに……これからもっと凄いことになるんだからさ」

僕はそう言うと、乳房の愛撫を左手と交代し、右手で恥部の愛撫を始めた。

指に愛液をたっぷりとまぶし、クリトリスを捏《こ》ねる。

今日始まって以来の直接的な刺激に、リーンは堪《たま》らず嬌声を上げた。

「アアッ……！」

今までならここで指を離し太ももをなぞり焦らしていただろう。

だが、今回は愛撫の手を止めなかった。

クリトリスという快感の具現化とも言うべき器官を責められたリーンは、急速に絶頂への階段を駆け上がっていく。

「あ、ふあぁ、あ、あ、んんっ」

やがてぐぐとリーンの背中が持ち上がり、リーンが絶頂しようとしたその瞬間、僕は手を離した。

「あぁあ、いぃぃ…イック、………ぁえ？」

頂点を目前に梯子《はしご》を外されたリーンは、目的地を失い混乱する。

そんなリーンが混乱から立ち直るよりも早く、僕はクリトリスへの愛撫を再開した。

「ふぁぁんッ……い、イイ…！」

寸止めをされたことを忘れ、再び嬌声をあげるリーン。

そんな彼女の様子を、解析を用いながら慎重に観察する。

淫魔の肌の調節は、ここ数日で大分コツを掴んだ。

それはつまり、リーンの寸止めのコツを掴んだということでもあった。

「あ、あ、イクッ…！　あぁ……」

再び絶頂に上《のぼ》り詰めようとするリーン。指を離す。

「んんっ……あ、もうっ……！」

愛撫を再開。またも、絶頂の寸前で指を離す。

「ンィイッ、あ、もう、ダメダメダメッ」

愛撫。寸止め。

「アアアッ、どうして…！　アッ、イクッ」

愛撫。寸止め。

「ヒッ、ヒィッ、ヒァアッ、イック…！」

愛撫。寸止め。

愛撫。寸止め。愛撫。寸止め。愛撫。寸止め。愛撫。寸止め。愛撫。寸止め。愛撫。寸止め。

愛撫。寸止め。愛撫。寸止め。愛撫。寸止め。愛撫。寸止め。愛撫。寸止め。愛撫。寸止め。愛撫。寸止め。愛撫。寸止め。愛撫。寸止め。愛撫。寸止め。愛撫。寸止め。

繰り返される拷問にも似た焦らし責めに、いつしかリーンは常に絶頂間際の状態となる。

それでも終わらぬ寸止め地獄に、ついにリーンは限界を超えた。

「あぁあぁあぁあぁあぁあぁぁぁぁ!! おかしくなるぅぅぅあぁあ! イ カ せ てぇえぇッ!!!」

バッタんバッタんと身体を跳ねさせ、全力で訴えるリーン。拘束されたベッドの背もたれがギシギシと歪み、今にも破壊されそうだった。

ここら辺が潮時《しおどき》か。

僕は切なさのあまり涙すら流しているリーンにそっと囁いた。

「イカせて欲しかったら〝リーンの淫乱クリトリスをシコシコしてください!〟って言ってごらん」

「リーンの淫乱クリトリスをシコシコしてくださいぃぃッ!」

即答だった。一秒たりとも、タイムラグはなかっただろう。

そのあまりの速さに、羞恥に歪むリーンを楽しもうと思っていた僕は呆気に取られた。

ここまで追い詰めてしまうと、羞恥心もどこかに消えてしまうらしい。

今度から、言葉責めは理性が残っているうちにすることにしよう。

僕はそう心に刻みつけると、毎度お馴染《なじ》み女芯の男根を取り出し装着した。

そして、リーンのとろとろになったオマ×コに宛《あて》がうと、一息に挿入する。

「ギッ、ヅア゛ア゛アァァァァァァァァァァッ――――!!!」

瞬間、リーンは凄まじい絶叫を上げた。

ともすれば断末魔ともとれる凄まじい絶叫。

だが、僕にはそれの正体がわかっていた。

快楽ラインが、絶頂ラインを遥かに越え行方不明になってしまうほどの絶頂を超えた絶頂。

それがリーンの絶叫の正体だった。

焦らしに焦らされ全身が敏感になり、いつイッてもおかしくない状態で自らのクリトリスで処女を破られたリーンは、完全に瞳孔を開き切り、金魚のようにパクパクと口を開いていた。

だが、まだまだ。リーンにはこれまでの寸止め分の絶頂を味わってもらうのだ。

僕はペロリと舌を舐めると、処女相手とは思えない乱暴な腰使いでピストンを始めた。

リーンが白目を剝き、上と下の口から涎《よだれ》と尿を垂れ流して気絶したのは、それからわずか十分後のことだった。

こうして、僕はリーンを虜とし、可愛い妹兼最強の前衛を手に入れたのだった。

いじめられっこだった頃、思ったことがある。

それは人生のスポットライトというのは、全体数に比べて圧倒的に少ないということだ。

一クラス三十一人のうち、スポットライトが常に当たり続けるのは数人。運動、勉強などの限られたシーンでのみ当たるのがもう数人。

後は体育祭、文化祭などの全体行事のみ当たるのが十数人ほど。

ここまでが、一度はスポットライトに当たることができる人間。

だが、運動も勉強もできず、協調性もないため全体行事ですら必要とされない人間がいる。

そういった人間は、常にスポットライトの当たらない暗闇で息を潜めている。

スポットライトに常に当たり続けている人間は、ソイツに決して気づかない。

無視しているわけではない。

自身が常に光に晒《さら》され続けているので、暗闇に潜むソイツが目に入らないのだ。

要は光の加減の問題であり、無意識だ。

無意識の、悪意。

だが、決して光に当たらず、誰にも気づかれずとも、ソイツは確かに息をしている。そこに存在しているのだ。

つまり、僕が何を言いたいかと言うと——。

「ごめんってばぁ。別にユーウェのことどうでもいいって思ってるわけじゃなくて、ただちょっとだけ他に意識が集中してたっていうか……ね？　わかるでしょ？」

――僕は決してユーウェを無視していたわけではなく、別の女の子という光の加減で見えなかっただけということだ。

「………つーん」

ユーウェは、自分で擬音を口にしながらプイッと顔を背けた。

可愛らしい、けれど初めてのユーウェの反抗。僕はそれに卑屈な笑みを浮かべて謝り倒した。

リーンとの情事を終え、早朝に帰宅した僕を待っていたのは、徹夜で目を赤くしたユーウェの姿であった。

彼女からみたら突然の外泊で心配していたところに、石鹸の匂いを漂わせて帰ってきたわけだから何が起こったのか察するというものだ。

言い訳のしようがない僕としては、こうして平謝りするしか手がなかった。

「ごめん、ホントごめんって。別にユーウェのことを忘れてたわけじゃなくて、そう！　新しい仲間の子と親睦を深めていたらついつい飲みすぎて酔いつぶれちゃっただけなんだよ～」

「私はレンのことをいつも考えてるのに……。二十四時間のうち一秒だって忘れたりしたことはないのに……。何日もほったらかしにして、外泊まで……」

「う…………」

拗《す》ねたようにぶつぶつと呟くユーウェに、僕は顔をひきつらせる。

どうしたものか。未だかつてないほど、ユーウェの怒りは深い。

押し倒してイカせまくれば機嫌直してくれないかな？

そんなヒモ男のようなことを考えていると、ユーウェがふぅとため息をついた。

「ゆ、ユーウェ……？」

ビクビクとユーウェの顔色を窺う僕。奴隷と主人の関係にはとても見えない情けない光景だ。

「別に、いいです、もう。次から外泊する時はちゃんと言ってくれれば。もしかしたら迷宮で何かあったのかもと心配しただけですから」

「う、……心配かけてごめん。わかった、次からそうする」

「はい。……ところで」

クスリ、と笑うユーウェ。

「え？」

「リーンさん、でしたっけ？　とっても可愛いらしい娘なんですよね？　私のことを忘れちゃうくらい」

どこか恍惚《こうこつ》としたような笑みを浮かべながら言うユーウェに、僕は硬直し冷や汗を浮かべた。

「私もリーンさんにお会いしたいので、いつでもよろしいですから是非一度連れてきてくださいね」

「…………はい」

謎の圧力を伴《ともな》ってそう言う彼女に対し、僕は従順に頷くしかできなかったのだった。

さて、出かけにユーウェと一悶着《もんちゃく》ありはしたものの、することは今日も変わらない。

翌日、僕たちは今日も迷宮で魔石集めに勤《いそ》しんでいた。

今、僕達はリーンのレベル上げに最優先で取り組んでいる。

レベルが上がればより下層での活動が可能になるし、大侵攻のこともあるからだ。

レベル5である僕は、最前線とまではいかないが、わりと重要拠点に配属されることになるだろう。

そんな時、リーンとあまりにレベルが離れ過ぎていた場合、僕らは離れ離れになる可能性がある。

信用できない冒険者と一緒になることの危険性は先日のレイプ未遂で百も承知であり、また一人で戦うことになるリーンのことも心配だ。

そこで、大侵攻までにリーンをレベル5にするのを最優先に行動しているのである。

ちなみに、レベルアップ代金は当然僕持ちだ。

リーンはそれに申し訳なさそうにしていたが、これから近接戦闘のほとんどが彼女任せになるのだ、これくらいはしなければ罪悪感でこっちが胃潰瘍になる。

え？　クロウに任せていた頃は罪悪感がなかったのかって？　僕を抱けていたんだからむしろお釣りを貰いたいくらいですが何か？

とまぁ、そんなわけで、僕とリーンは三階層、豚の巣へと来ていた。

「いい、リーン。ここの豚と戦う前に、リーンに言っておかなきゃならないことがある」

「なに？」

「リーンは、多分ここのオークは殺せない」

「えっ」

「勘違いしないで。別にリーンが弱いって言ってるわけじゃないんだ。ただ、相性の問題なんだよ」

ここ三階層の敵、オークの特徴は、その生命力だ。

土手っ腹に剣をぶちこまれても向かってくるその生命力が、手数で攻めるリーンとすこぶる相性が悪い。

これが、クロウならば大剣の一振りで首を刎《は》ねてお仕舞いだろう。

だが、リーンの短剣ではオークの肉厚の首を断ち切ることは難しいし、分厚い脂肪に阻まれて心臓を一突きすることもできない。

では武器を変えればいいじゃないかと思うだろうが、リーンの体格的に最適なのがこの短剣なのだ。

仮にクロウの大剣を装備したとして、振り回すことはできても身体の方が引っ張られてしまうだろう。なぜなら、筋力があがっても肉体の重みは変わらないのだから。

故に、オークのような肉の壁がある敵とリーンは相性が悪いのである。

「じゃあ、ボクは何をすればいいの……？」

不安そうなリーンに、僕は安心させるように微笑む。

「心配しなくてもリーンは主力だよ。リーンには、オークの無力化を頼みたいんだ」

「無力化？」

「そう。人間に限らず、大抵の生物には首の後ろに延髄と呼ばれるところがある。ここを断ち切られてしまうと、神経の伝達ができなくなって動けなくなっちゃうんだ。そして、手足にも腱《けん》という筋がある。ここを切られると、立つことすらできなくなって物も満足に持てなくなる」

この説明に、リーンはハテナマークを浮かべていたが、僕が詳しく位置を説明すると、満面の笑みで頷いた。

「えんずいとかしんけいとかはわからないけど、首の後ろと手足の内側を切ればいいんだね。わかった！」

「うん。オークの動きは遅いから大丈夫だとは思うけど気をつけてね」

「大丈夫！　ボクがんばるよっ」

「よしよし」

リーンの頭を撫でながら僕はふと先ほどから気になっていたことを聞いた。

「そういえばさっきからボクって言ってるけど……前からそうだったっけ？」

僕がそう聞くと、リーンは照れ臭そうに笑った。

「えへへ、レン姉の真似。……変？」

…………ここで変と言えば日頃ボクボク言っている僕はなんなのだろうか。

「変じゃないよ、良く似合ってる」

「ホント？　嬉しい」

そういうと、リーンは猫のように僕の右手にぐりぐりと頭を擦りつけた。

そんなリーンを微笑ましく思いながら、僕は解析で宝部屋を探し出す。

幸運にも宝部屋が一部屋近くにあった。そちらに向かって行けば敵に遭遇できるだろう。

「じゃ、行こうか」

僕はリーンに向かってそう言うと、歩き出した。


数分後、僕らは目論見通り敵と遭遇した。

もっとも、それは豚ではなく人の形をしていたが。

「あれ、これは意外な顔だ。こんなところで出会うなんて」

「――――ブラウ」

できることなら可能な限り会いたくなかった人物に、自分の顔が歪むのがわかった。

ブラウはそれに気づいているだろうに、気にせず話しかけてくる。

「貴方は最近五階以下で活動してると伺ったのですが……そういえばクロウさんの姿が見えませんね。そちらの可愛らしいお嬢さんは？」

ブラウは初めて会った時のような外行きの柔和な顔でリーンに話しかけた。

話しかけられたリーンは少し戸惑った後、僕の険しい顔を見、沈黙を保った。

無視をされる形となったブラウは、共にいた二人の冒険者に、どうやら嫌われてしまったようだ、などといいながら肩を竦めた。

すると、彼らのうちの一人がリーンを見て言った。

「ん？　ブラウさん、コイツ俺見たことがあるかもしれません」

「ッ」

男の言葉に、リーンがビクッと肩を竦《すく》め、僕の後ろに隠れた。

その、小動物染みた臆病な仕草に、僕は内心驚いた。

これはどういうことだろう。まるで初めて会った頃のリーンに戻ってしまったようだ。

「へぇ………、誰なんだ？」

「確かコアラリアットの所の孤児だったはずです。つい最近院を飛び出して冒険者になったのはいいですが、力も魔力もないのないない尽くしで、どこのパーティーからも断られてるのを見たことがあります。なんだか小綺麗になっていやがるんで、最初は気づきませんでした」

リーンが、僕の後ろで唇を噛み締めたのが気配でわかった。

男の言葉を聞いたブラウが、ニヤリと笑う。

「ほぉ……それをレンさんが拾ってやった、と。相変わらず変わったことをしてますね。どうです？　そのガキの面倒が飽きたならうちが引き取ってもいいですよ。……見た目だけならなかなかのもんですから」

「ッ?!」

リーンが、ギュッと僕の手を握りしめてくる。

僕はそんなリーンの頭を安心させるようにポンポンと叩くとブラウに向かってはっきりと言った。

「悪いけど、大きなお世話だ。こう見えて、この娘はクロウ並みの凄腕なんでね」

この言葉に、ブラウの表情が消える。

「クロウ並み、だって…？」

怪訝そうな声を出すブラウに、僕は新発売の玩具を自慢するようにニヤリと笑いながら言う。

「一対一の殺し合いなら、リーンにも十分勝ち目はあるんじゃないかな」

「へぇ、それはそれは……、道理でビビ……慎重な貴方が彼を連れずに迷宮に潜っているわけだ」

やかましい。

「……もういい？　悪いけどこれからオークを狩りに行くんだ、おしゃべりしてる時間はないんだだよ。リーン、行こうか」

「う、うん」

なにやら表情の硬いリーンの手を引きブラウたちの脇を通る。

そんな僕たちを、ブラウは引き留めた。

「あぁ、待ってください。よろしければそのオーク狩り、僕たちに見学させていただけませんか?」

「はぁ?」

何言ってんだ? コイツ。頭沸いてんのか? 僕たちはそんな仲良しこよしをするような間柄じゃないだろうが。

怪訝そうな僕に対し、ブラウは真剣な表情だった。

「……大侵攻が近い。そのお嬢さんがあのクロウさんと同等というなら、欠かせない戦力となる」

ブラウの、どこか切羽詰まったとも取れるその真剣な顔に、僕は沈黙した。

いつも飄々《ひょうひょう》としていた奴の真剣な顔は、僕に警戒心を呼び起こすのに十分だった。

僕は、実のところ大侵攻をそれほど深刻に捉えてはいなかった。

なんせ、一度も体験したことがないのだ。

それは、平和な日本で生まれ育った若者が、戦争の悲惨さを知らないのと似ている。

大侵攻が始まっても、適当に戦っているうちに僕よりもずっと強い奴らが、いつの間にか片をつけてくれてるだろうとすら思っていた。

だが、コイツがここまで警戒するとは、もしかしたら大侵攻とは僕が思っているよりヤバいのかもしれない。

「……レン姉？」

僕が険しい顔で黙りこくっていると、リーンが不安そうな顔で手を引いた。

それで我に返った僕は、嘆息するとブラウへと言った。

「いいよ。でも付いてきていいのはブラウだけだ。後の二人は帰せ」

この言葉に、取り巻き二人はいきり立つ。

「なっ」

「てめえッ」

剣の柄に手すら掛ける二人に、僕も臨戦態勢となる。

僕が【高慢】のスイッチを入れようとした瞬間、ブラウが二人を制した。

「いいですよ。貴方が警戒するのも当然ですからね」

「ブラウさんっ」

抗議の声を上げる取り巻きに、ブラウはドスの利《き》いた声で言う。

「俺が、いいって言ってるんだよ」

ブラウと取り巻きの間にどんな力関係があるのか、取り巻きはまるで蛇に睨まれた蛙《かえる》のように身体を強ばらせる。

それを見たブラウは、威圧感を消すと何でもないように言った。

「心配しなくても、不意討ちをしてくる奴らじゃないし、俺が簡単にやられるようなタマじゃないのは知っているだろう？」

これを聞いた取り巻きたちはしぶしぶと引き下がった。

「……わかりました。俺たちは二階のところの階段で待ってます。何かあったらすぐ飛んできますから」

「あぁ」

ブラウは取り巻きに頷き、くるりとこちらを振り返った。

「これでいいですか？」

「……ん、まぁ、いいよ」

こちらの言い出したことだ。向こうが約束を守った以上今度はこちらが約束を守る番だろう。

約束を守るのはルールであり、ルールを破る奴は魔物なのだから。

僕はしぶしぶ頷くと、張り付けたような笑みを浮かべたブラウを後ろに引きつれて、宝部屋へと向かった。

宝部屋についたのはそれから十数分後のこと。

ちょうど飯時だったのか、部屋の中心では魔法陣から支給された食料を、オークたちが豚のように貪り食っているところだった。

「ん、けっこう居ますね。二十数体ってところですか。本当に二人で大丈夫ですか？」

部屋を覗《のぞ》き込んだブラウは言う。

僕はブラウを無視すると、リーンへと振り返った。

「作戦は覚えてる？　大丈夫、作戦通りやれば大丈夫だから」

「う、うん……わかった」

そう頷くリーンの表情は硬い。

なぜだろう。三階層に降りてきた時は緊張していなかったのに。

あの時と今の違いはなんだ？　……そうか、ブラウだ。

コイツ、正確には第三者の存在が、リーンの身体を硬くしている。

これは、不味い状態だ。

リーンのような速さ特化型にとって、緊張で身体がうまく動かないというのは悪夢に近い。

なんとかいい方法はないか。

………仕方ない。できれば、この方法は取りたくなかったが。

僕は、オークたちを見つめると、【高慢】を発動させた。

ガキン、とスイッチが入り、オークたち二十数体分のステータスが意思に加算される。

今、僕の精神は人間の限界を遥かに超えたところにあった。

今なら僕は腹を槍《やり》で串刺しにされても、最善を掴みとるために行動できるだろう。

そして今できる最善は、リーンのパフォーマンスを最大に引き出すことだった。

僕はリーンの肩に手を置くと、眼を合わせる。そして、徐々に瞳に魅力を集め始めた。

いきなり、すべての魅力を集めたりはしない。そんなことをすれば、リーンは一気に魅了の状態に堕《お》ちてしまうだろう。

僕はリーンを傀儡《でく》人形に落としてしまうつもりなど到底なかった。

僕がしたかったのはただ一つ。リーンを軽い催眠状態にすることだ。

慎重にリーンの様子を解析で見極めながら魅力を集める。やがてリーンの瞳がとろんとしてきだした辺りで、声に魅力を乗せゆっくりと話し始めた。

「いい、リーン。この数日のことをよく思い出して」

「……………うん」

リーンがボウッとした声を出す。

「リーンは敵を簡単に倒してたよね?　その時、リーンはどう思った?」

リーンは目を少し泳がせた後、答えた。

「……気持ち良かった」

「じゃあその時の気持ちをよーく心に刻み付けて。十分に刻み付いたら、心の中にスイッチを作ろう。そのスイッチは、丸い丸いボタンだ。そのボタンは硬くて普段はなかなか押せないけど、敵を前にすると簡単に押せるようになる。ボタンを押すと、リーンはどんなに緊張していても、恐怖に身体が動かなくなってても、それを忘れて刻み付いた気持ちと同じ気持ちになる」

リーンが頷くのを確認すると、僕はオークを指差す。

「さぁ目を覚まして、リーン。そして敵を見据《みす》えよう。ボタンを押し、敵を皆殺しにするんだ」

そう言うと、僕は【高慢】を解除。催眠を解いた。リーンの瞳に光が戻る。

「――――うん」

リーンは力強く頷くと、オークを静かな面持ちで見つめた。

深呼吸を一度。次の瞬間、リーンの姿が消えた。

「ギィッ!?」

次にリーンの姿を捉えたのはオーク達の悲鳴が聞こえてから。

白い閃光《せんこう》と化した彼女が、オーク達の首の後ろや手足の腱を次々と切り裂いていく。

その動きは、ビデオの百倍速のように機敏で無駄のないもので、微かに見える彼女の顔は情欲に赤く火照っていた。

…………情欲に赤く火照って？

僕がリーンの表情に疑問を持った瞬間、ブラウが感心したように口を開いた。

「これはこれは……予想以上に面白いものが見れました」

その言葉に、僕は振り返ると自慢気に言う。

「言っただろ？　クロウ並みって」

そんな僕の顔を見て、ブラウは苦笑する。

「ふっ、私が言ってるのは貴方のことですよ」

僕？

怪訝そうな僕に、ブラウは鼻で笑うと言った。

「わからないならいいです。あのお嬢さんが凄いのも確かですしね。……終わったようですよ」

見ると、オーク達は皆地に倒れ伏し、リーンがこちらに駆けよってくるところだった。

「終わったよっ、レン姉。ちゃんと言われた通りにしたよ」

リーンは僕に抱きつくなり開口一番そう言った。その顔はうっすらと紅潮し、瞳は潤んでいる。

その様子は明らかに欲情し、まるで焦らし責めをしていた頃のようだ。

……焦らし責め？

（そうだ、焦らし責めだ！）

僕は、先ほどリーンに催眠でスイッチを作った。それは、リーンが好調だった頃の心理状態を作り出すもの。

僕はそれを戦闘モードとして作ったが、あの頃リーンは僕のせいで慢性的な欲求不満となっていた。

もし催眠がその欲求不満状態をも再現していたというなら、このリーンの状態も頷ける。

つまり、リーンは戦闘の度に発情するという極めて特質的な性癖を有してしまったのだ。

こ、これは取り返しのつかないことをしてしまったかもしれない。

僕が内心頬をひきつらせていると、ブラウが言った。

「そろそろあの豚どもの始末をしたらどうですか？　まだ息の根は止めていないんでしょう？」

「ん、あぁそうだね」

確かにブラウの言う通りだった。

僕はオークたちに止めを刺そうとチャージの詠唱を開始し、――――その瞬間迷宮を強い揺れが襲った。

「なっ――――?!」

「ひゃあぁっ」

「これは………!」

各々《おのおの》が驚愕の声を上げる中、振動はさらに強くなる。

立っていられないほどの揺れに、僕たちは這いつくばって耐える。

こ、これはまさか地震か……!?　こっちにもあったのか。で、デカイ！　かなりデカイぞ。震度五……いや六はある！

地震大国日本に生まれた僕は地震に耐性があるため比較的冷静だったが、リーンとブラウは世界が終わったのかと勘違いするほど顔を真っ青にしていた。

あのブラウもこんな顔をするのかと思うと、僕は不覚にも少しおかしくなってしまった。

しかし、そんな僕の余裕は次のブラウの言葉にぶっ飛ぶことになる。

「なんてことだ……！　大侵攻が始まったのかッ!!」

僕は頭から一滴残らず血の気が引いていくのを感じた。

第四話　大侵攻！

それから数分も経《た》つと揺れはおさまった。

だが、揺れが消えてもなお、震え続けているものがあった。

「あわわわわわわわわわわわわわわわわわ」

そう、お察しの通り僕である。

お、おおお、落ち着けぇぇ、落ち着くんだ。そ、そうだ、素数を数えよう。一二三、素数は一と自分だけでしか割れない孤独の数字……四五六、きっと僕に勇気を与えてくれる……七八九。

僕が必死に自分を落ち着かせていると、這《は》いつくばっていたブラウが立ち上がり言った。

「どうやら治まったようですね」

顎の下の汗を拭《ぬぐ》いながら言うブラウに、僕はハッと我に返ると彼に詰め寄った。

「ど、どどど、どうすんだよっ、大侵攻が始まったって……このままじゃモンスターの雪崩に巻き込まれるんじゃないの?!　僕たち死ぬのッ!?」

「おち、おちつ、落ち着け!!」

ガクガクと肩を揺さぶる僕を、ブラウは突き飛ばす。いてぇ、尻餅ついた！

涙目で見上げる僕にブラウは、

「まだ慌てるような時間じゃない。大侵攻は、始まって一週間、時間を掛けてゆっくりと全階層を一階層に組み換える。軍隊規模の魔物が一斉に移動できるようにな。それが始まっただけだ。すぐさまこの浅い階層まで影響が出るわけじゃない」

「へ？　そうなの？」

キョトンとする僕に、ブラウは嘆息する。

「はぁ、大侵攻は初めてか？　大侵攻では常に冷静さを保て。さもなきゃ……死ぬぜ？」

なにその十分後に不意討ちを食らって死にそうな米兵みたいな台詞は。本当に大丈夫なの？

死亡フラグが立ってる人と行動するなんて不安極まりないんだけど。

ここは「この緊急事態にお前と一緒に行動なんかできるか！　僕は単独行動を取らせてもらう」と言うべきか。いやそれも死亡フラグだな、などと考えていると、リーンがちょいちょいと僕の裾を引っ張った。

「あの、よくわからないけど早いとここの迷宮を出た方がいいんじゃ……」

このリーンの言葉に、ブラウも頷《うなず》いた。

「そうですね、では早いところオークの魔石を回収して出ましょうか」

あ、それでも魔石回収はするんだ。この世界の人はたくましいなぁ……。

そう思いながら、僕はオークに止めを刺すと魔石回収をするのだった。

——散々フラグを立てておきながら何事もなく迷宮を出ることができた僕たちは、その場で解散した。

ブラウが言うには、大侵攻が始まると街中の薬屋、武器屋、防具屋、雑貨屋などに冒険者が殺到し、品薄になるため早めに準備を整えた方がいいだろうとのことだった。

とはいっても、僕は特に準備をするようなものはない。

強いて言うならばユーウェから魔力を補充しておくのが準備だろう。

そういうわけで詳しいことは明日話すことにし、リーンと別れると僕は自分の宿屋に直行した。

そこで、僕は意外な人物と出会うことになる。

それはクロウ——……。

「あぁ、お待ちしていました！」

ではなくギルドの受付のお兄さんだった。

まさか彼とギルドの外で出会うことになるとは……彼はギルドだけに生息する生物と思っていたのだが。

「えっと、何かご用でしょうか？」

怪訝《けげん》そうな僕に彼は詰め寄ると懐から一通の手紙を取り出した。

「ギルドからの召喚状です。読んだらただちにギルドに向かってください」

そういって彼は僕に押し付けるように――しかもさりげなく胸を触って！――して渡すと「それでは私は他の方々にも配らなければならないので、これで失礼します」などと言って逃げるように去って行った。

少しの間その場で呆然《ぼうぜん》と立っていた僕は、ふと我に返ると手元の手紙を見下ろした。

羊皮紙をクルクルと丸め、蠟《ろう》とハンコで封をした雰囲気ばっちりの手紙である。

確か召喚状とか言っていたか。はっきり言って嫌な予感しかしない。

ヤだなぁ、開けたくないなぁ、でも開けないと不味いよなぁ、でもでも開けたらギルドに行かなきゃいけないしなぁ……。

しばしそうやってうじうじと悩んでいた僕は、ふと閃《ひらめ》いた。

そうだ、あのスケベ野郎は読んだらギルドに向かってくださいと言っただけだ。今すぐ読んでくださいとは言っていない。

つまり、今日一日ユーウェとイチャイチャしてからギルドに向かったとしてもなんの問題もないわけである。

読んだらただちにギルドに向かってくださいということは、緊急性を有するということであり、手紙をすぐ読むというのは無言の前提なのであるが、この時の僕はこの迷案に心と頭を空っぽにして意気揚々と部屋に戻った。

そして僕は一晩中ユーウェをイカせ倒した後、早朝襲来してきたギルド職員十名の手によってグレイ型宇宙人のようにギルドに連行されたのだった。


「ふむ、君がレン＝モリィ君か」

「は、はい」

僕はガチガチに緊張して頷いた。

今僕の前には、五十代半《なか》ばほどの壮年の男が座っていた。

場所はギルド最上階、ギルドマスター室。そして目の前の男はギルドマスターだ。

やや白髪混じりの金髪を短く刈り上げた身長二メートル超の大男であり、巌《いわお》のごとき顔付き、全身に刻まれた傷痕、肘から先がない左腕が、凄まじい威圧感を放っている。

もはや完全にヤクザ。それもそんじょそこらのヤクザではなく、江戸時代辺りから続く由緒正しいヤクザの組長といった感じだ。

日本で見掛けたなら、人混みもモーゼがしたように割れ、満員電車の中でも半径一メートルの無人領域が生まれること請け合いの容姿である。

それでいて、静かで重厚、知的で理性的な深い声音で話すという僕の苦手な要素をこれでもかと詰め込んだような人物なのだ。

そんな人物を前にして、僕は完全に縮こまり、借りてきた猫のように小さくなっていた。

ギルドマスターは手元の書類に目を落とし言う。

「当時レベル1にもかかわらず、爵位持ちグレーターデーモンを撃退。その下半身をギルドに提供。その功績を持って銀ランク功績者となる、か。大した活躍ぶりだ」

「い、いや、そんな」

絶賛の嵐に、僕は愛想笑いを浮かべるとヘラヘラと笑った。

そんな僕をギルドマスターはジロリと睨《にら》む。ギクリと身体《からだ》が強張った。

「しかし、君は確か昨日呼び出しがあったはずだが、なぜ来るのが遅れたのかね？」

「そ、それは……」

「それは？」

「そ、そのぅ」

「その……なんだ？」

「う、うぅ……」

ついに耐えきれず涙目になりうつむく僕に、ギルドマスターは嘆息する。

「……どうにもはっきりしないな。これが本当に男爵殺しの英雄なのか？」

彼はどこか冷たい視線で僕を一瞥《いちべつ》する。その視線に、僕はますます身体を縮こまらせた。

そんな僕に、ギルドマスターはどこか優しい声で語りかけてくる。

「私はね、かつて若い頃、魔人に挑んだことがある。結果は散々たるものだったがね……。共に迷宮を駆け抜けた戦友を、最愛の人を、誇りを、全てを失い命からがら逃げ延びたよ……。──故にッ!!」

突然の活声に僕はビクッと身体を震わした。

「私は奴らの強大さを知っている。決してレベル1の新米どもが倒せる相手じゃあない。奴らの強大さを知らないギルド員達は騙《だま》せようが、この俺の眼だけは誤魔化せんぞッ」

大気が震えるような裂帛《れっぱく》の威圧感に、僕はゴクリと生唾を呑《の》み込む。そして、気づけば震える声で問いかけていた。

「も、もし、ギルドを、だ、騙していたとしたら……?」

ギルドマスターはふんッ、と鼻で笑い冷たくいった。

「原則、ギルドに虚偽の報告をした冒険者は、一年のレベルアップ禁止と私財の没収となる。虚偽の報告で稼《かせ》いできた財産なのかもしれんのだからな。だから当然──」

そこで一旦間を置き、ニヤリと嘲笑《あざわら》うと──。

「──あのユーウェとか言う奴隷も、ギルドが没収することになるだろうな」

──僕の地雷を踏んだ。

ガチンと頭の中の撃鎚《げきつい》が落ちる。半自動的に、【高慢】のスキルのスイッチが入った。

ギルドマスターへの恐怖は完全に消え、あるのは殺意にも似た冷たい怒りだけだった。

冷えた頭は、冷静に敵を殺すための方法を考え出していく。

【高慢】が発動したということは、この男は僕よりも圧倒的に戦闘力が高いということ。

体型を見るに近接戦闘型。一線を退いてはいるものの、その鍛え抜かれた肉体は未だ現役。蓄えた経験は常に最適の行動を導き出すだろう。

見て取れる弱点は、やはりその隻腕か。しかし、それはギルドマスターも百も承知だろう。すでに隻腕ならではの戦闘スタイルが確立されているはず。そもそも、僕の戦闘能力は片腕未満。隻腕であることなど問題になるわけがない。

では勝つ方法が全く無いのか。そんなことはない。

この世界には、ステータスの差など簡単に埋めてしまうズルが、システムとしてまかり通っている。

レアスキル。

ギルドマスターの意志がどの程度かは知らないが、彼が強ければ強いほど僕の意志は上がり。

それは魅力の出力やコントロールが上がることを意味する。

仮に完全に魅了することができなくなるとしても、その戦闘能力は格段に低下し、また魔法に対するレジストもほぼゼロになる。

そうなればエーリカの束縛でもなんでもしてから、ゆっくりと魔法で始末してやればいい。

一秒未満でそう思考し、簡略化された戦闘プランを構築した僕は、いつでも財宝神の蔵を起動させられるよう、待機しながら魅了を発動しようとし。

「………フンッ」

そこでギルドマスターから敵意や威圧感が消えていることに気づいた。

なんだ？　なぜ急に敵意を消した？　こちらが臨戦態勢に入ったのはあちらもわかったはず。にもかかわらず、なぜ逆に警戒を解く？

頭の中に疑問符が大量に浮かび、僕は攻撃を躊躇《ちゅうちょ》した。それでも不意討ちへの警戒は決して忘れず、いつでも攻撃ができるようには準備しておく。

そんな僕を尻目に、ギルドマスターは身を深く椅子に沈めると、どこか機嫌良さそうに言った。

「……まんざら、嘘《うそ》ってわけでもないらしい。いいだろう、今回は判断を保留ということにしてやる」

そう言うと、彼は引き出しから書類を取り出すと僕に投げて寄越した。

僕はそれを受け取りはしたが、決してギルドマスターから目を離さない。

ギルドマスターを魅了することが戦闘プランの主軸である以上、目を離すのは自殺行為以外の何物でもない。

そんな警戒心に満ちた様子の僕を見ると、彼はめんどくさそうに舌打ちし、手元のベルを鳴らした。

すぐに別室から秘書然とした女性が入室してくる。

「……少々からかい過ぎたらしい。このままじゃ話にならん。あとのことはお前に任せた」

「かしこまりました」

女性が頷くと、ギルドマスターは立ち上がり部屋から退出して行った。

女性は頭を下げていたが、やがて頭をあげると僕に向き直った。

「当方のギルドマスターがご迷惑をおかけしましたようで申し訳ございませんでした。私、秘書のクレインと申します」

そこでようやく、僕も警戒を解いた。どうやらすぐにどうこうされるといったわけではないらしい。

それを証明するように【高慢】の効果が切れた。

【高慢】が切れると、目の前の女性が中々の美人であることに気づく。

金髪ロングの二十代半ばほどの女性だ。ややつり目がちで、キツイ印象を与えるが凹凸の激しい体型と赤い唇がなんとも色っぽい。

見かけだけなら秘書ではなくギルドマスターの愛人といった感じだが、その知的な眼差しが彼女がそのような低俗な存在ではないことを物語っていた。

「時間が押してますので、申し訳ありませんが説明の方は移動しながらということで」

……はい、僕が昨日すっぽかしたからですね、すいません。

僕は頭を下げると秘書さんの後をついていった。

部屋を出ると、クレインさんはすぐさま歩きながら話し始めた。

「ギルドマスターからどの程度お聞きになられましたか？」

「まだ、あまり」

愛想笑いを浮かべながらそう答えると、クレインさんは一つ頷き。

「さようでございましたか。では初めからご説明させていただきます」

「あ、お願いします」

「はい。まず、大侵攻はどうやったら終わらせることができるかはご存知ですか？」

「………えっと、敵を皆殺しにする、ですか？」

「それもまた正解ですが、もう少し明確な条件があります。それは〝敵の総数を三分の一以下にする〟か〝敵将の撃破〟です」

「敵将の撃破？」

言いながら、僕はだんだん嫌な予感がしてくるのを感じた。なぜ、そんな話題を振り始める……？

「はい。大侵攻の際、敵は必ずグレーターデーモン一体と四体のレッサーデーモンを指揮官として攻めこんでくることが知られています。このグレーターデーモン、あるいはレッサーデーモン四体を撃破することにより、敵は退いて行くと過去の大侵攻の記録には残っています」

「へぇ」

あのグレーターデーモンを、ねぇ。無理ゲーだろ。

「ギルドではこれまでは基本的には敵の総数を減らす方針で撃退をしてきました。しかし今回は、敵将の撃破を以って早期解決を図ることに決定しました」

「え？　どうしてですか？」

「一つは、今回は例年よりも冒険者の全体の質、量ともに劣るからです。前回の大侵攻が約十五年前……大侵攻のサイクルはランダムですが、これは異例の短さです。ゆえに次世代が育ち切らなかったのです」

「なるほど」

僕は納得して頷いた。質や量に頼ることができないから無理にでも頭を狙い短期決戦にするしかない、ということか。

にしても前回が十五年前ということはブラウは大侵攻を子供の頃経験しているということになる。あの警戒ぶりも頷けた。幼い頃味わった恐怖が今になっても身体に刻み込まれたままなのだろう。

「そしてもう一つは、貴女の功績です」

「え？」

「これまでギルドはグレーターデーモンは倒せないものと判断してきました。記録でグレーターデーモンを倒した者たちは確認されましたが、実際にグレーターデーモンに挑んだものたちはことごとく返り討ちにあってきたからです。いつしかその事例はまぐれとして処理されるようになり、またレッサーデーモンですら撃破が極めて困難なことから総数を減らすのがセオリーとなってきました」

「…………………………」

こ、これは…………………、この流れは、やはりそういうことなのか？　もしかしてＲＰＧでお決まりのッ……！

「ところが、ここにきてグレーターデーモンを倒した者たちが現れた。しかもその者たちはなんと低レベルの二人組。その報告を聞いた時ギルドがどう思ったと思いますか？」

　クレインさんの発言に、僕の中の確信は深まっていく。

「……こんな新人にできるなら高レベル冒険者ならさらに容易なはずだ、ですか？」

「はい、その通りです。確かにグレーターデーモンは強いかもしれない。だが、低レベル冒険者でもレアスキルによっては撃退できるならば、レベルとレアスキルに恵まれたものたちでグレーターデーモンを……それが無理でもレッサーデーモンを撃破できるはずだ、と」

「なるほど………」

「そうした経緯を経《へ》て、当ギルドはデーモン討伐部隊、通称〝悪魔狩り〟を結成することにしました。集められたのはレベル10以上のクラス持ち達と、レベル10未満のレアスキル持ちの新人達です。そう、貴女のような……」

「…………………………………………」

やはりフラグかッ！

僕は内心で呻《うめ》いた。

薄々………薄々気づいてはいたが、やはりそういう流れらしい。つまり、何か？　僕は高レベル冒険者に混じってあのホモのような化け物どもを討伐しに行くと？　………勘弁してよ。

僕が頬《ほお》をひきつらせているのを見ると、クレインさんは安心させるようにうっすらと笑った。

「勿論《もちろん》、ギルドの方でも最大限のバックアップをさせていただきます。手始めに、レベル10未満の方々にはクラスチェンジまでレベルアップさせていただきます」

「えっ」

僕は思わず驚きの声を漏《も》らした。無意識に前のめりになりながらも勢いこんで問いかける。

「そ、それはタダでレベルアップさせてくれるということですか？」

「はい。ギルドの方で提供させていただいておりますレベルアップシステム、そしてクラスチェンジシステムの無料での提供をさせていただきます」

「おおっ！」

僕は感嘆の声を上げる。なんて太っ腹なんだ。いや、それだけギルドは切羽詰まっているということか……。

しかしこれでレベル10までの金貨三百五十枚とクラスチェンジの費用千枚を削減できる。

実際にデーモン達の相手は他の冒険者たちに任せ、僕は後方支援に徹するならば、これほど美味しい取引はない。

僕は喜色満面で返事をしようとし、そこで気づいた。

「あの……レベルアップに必要な魔石もギルド負担ですよね？」

「………………………………そこに気づかれましたか。さすがです」

え？　ど、どういう……？　ま、まさか……。

「はい、お察しの通り魔石は冒険者側での負担となります」

「は、はぁっ!?　それってこの大侵攻の中迷宮に潜って魔石集めしろってことですかっ？」

無理だろ。どんなに頑張っても2レベル上げられるかどうか……。レベルアップとクラスチェンジが悪魔狩りの報酬ならば、実質無報酬じゃないか。

じょ、冗談じゃないぞ。やはりタダより高い話はないということか。

「ご安心ください。ギルドの目的はあくまで冒険者側の戦力強化です。レベルアップに必要な魔石はちゃんとご用意させていただいております。もちろんタダで、とはいきませんが格安価格でご提供させていただきます」

「……ちなみにお値段は？」

「大体買い取り値段の50パーセント増しといったところでしょうか」

えっとレベルアップに必要な魔石の数は、レベルと同じ階層の魔石百個か上の階層の五十個だから最安で金貨八百枚弱……その50パーセント増しだから約金貨千二百枚……ってオイ、ほとんどレベルアップとクラスチェンジ代と変わらないじゃんかっ！

そんな高額なら悪魔狩りとやらは、他の方々だけでやればいい。僕一人くらい、いてもいなくても変わりはしないだろう。

そう思い、無言で踵《きびす》を返そうとした僕の機先をクレインさんは制した。

「勿論、突然そんな大金を要求されても準備できないでしょうから、当ギルドの方で無利子！　無期限にて！　……資金をお貸しさせていただいております」

な、なんだってーーッ!?　無利子、無期限!?　それって実質タダでくれるってことじゃーん！　やったー！　……などと無邪気に喜ぶことはさすがにできなかった。

悪魔に騙される前の僕ならば簡単に騙されただろうが、こちらにきてそれなりに人の悪意に触れてきた僕は、この好条件にむしろ警戒しか抱かなかった。

僕はうっすらと冷笑を浮かべながら、

「無利子無期限なのはギルド所有の奴隷になるから、とか？」

「いえ、そんな滅相もございません」

ふむ。これじゃなかったか。では。

「……借金を盾に魔石を買い叩《たた》くとか？」

「いえ、通常通りの値段で買い取らせていただきます。ただ、その際に買い取り値段の20パーセントを返済として引かせていただきますが」

ん、妥当なラインだな。

予想外にまともな条件に、僕は考え込んだ。高レベル冒険者ほど、一回の冒険で得られる報酬は高額となる。ならばギルドとしては冒険者の機嫌を損ねてまで借金の返済を求めてはいないのかもしれない。

この取引の最大の目的は、無料にしたレベルアップ、クラスチェンジ代を別の形で払わせること。そして冒険者に恩を売ること、か。

だが、それでも僕はこの提案になかなか頷くことはできなかった。

それは、この世界の借金の怖さを知っているからと、ブラウの件があるからかもしれない。

僕が悩んでいるのを見ると、クレインさんが言った。

「もうお手元の書類はご覧になられましたか？」

「まだ…」

「それではお手元の書類の五ページ目をご覧ください。きっとあなたのお役にたつ情報が載ってるはずです」

ふむ。僕はクレインさんに促されるまま手元の書類を捲《めく》る。するとそこには次のように書かれていた。

『クラスチェンジについて』

クラスチェンジでは、クラスによって10レベル分のステータスアップとクラススキルを取得することができます。つまり、クラスチェンジ一回に付きレベルを10上げるのと同等なのです。加えて、クラススキルはどれも強力無比。きっとあなたの冒険を手助けしてくれることでしょう。

参考までに、以下にオーソドックスな5タイプのクラスをご提示いたします。これまでクラスチェンジをなさった方々の95パーセント以上が以下のクラスを取得なさいましたので、自分だったらどうするかご検討ください。

《クラス名》：上昇ステータス
【クラススキル】：詳細

《剣士》：筋力5、反応5
【一刀両断】：一撃に限り筋力を倍増する。倍増値は意思に依存。
《騎士》：生命5、筋力5
【超防御】：受けるダメージを軽減する。軽減値は意思に依存。

《暗殺者》：反応5、感覚5
【暗殺】：気配を消し、認識され難《にく》くする。また、存在を認識されていないうちは相手の防御力を無視して攻撃できる。

《僧侶》：生命5、意思5
【治癒《ちゆ》】：他者に自らの生命力を分け与える。回復量は生命力×意思。

《魔法師》：魔力5、意思5
【効率術式】：一回の魔法の魔力消費が減る。軽減値は意思に依存。

これらの他に、いくつかの特殊クラスも発見されております。上記以外のクラスを新たに発見なさった場合は、ギルドにご一報ください。

「これは…………」
僕は資料の内容に絶句した。
クラスチェンジ……桁違いのパワーアップじゃないか。クラス持ちが尊敬の対象になっているのは知っていたが、この内容なら頷ける。

特に、魔法師のクラススキル【効率術式】。これは凄まじいスキルだ。僕の【高慢】と組み合わせれば、無限の魔法行使を可能にする。たとえ一国の軍が相手でも、天災級魔法の連発で国すら滅ぼせるだろう。

「お気に召しましたか？」

微笑み問いかけるクレインさんに、僕は頷き返した。

もはや断る理由はどこにもない。仮に何か罠《わな》があったとしても――――。

――――その時はすべてを力で押し通せばいいだけだ。

クラスチェンジさえしてしまえば国すら相手どることができるのだから。

僕は邪《よこしま》な笑みを浮かべるとクレインさんの申し出を受けたのだった。

あの後、僕はクレインさんと正式に書面で契約を交わすと、僕はギルドを後にした。

レベルアップは一日に一回しかできないため、明日から僕は毎日レベルアップをして大侵攻までにクラスチェンジをすることになる。そのための準備があるらしい。

昨日僕がちゃんと出頭していたら今日から早速レベルアップできたらしいのだが、まぁ過ぎたことをグチグチと言っていてもしょうがない。

僕は（自分に都合の悪い）過去は振り返らない主義だ。時は後ろではなく前に流れているのだから。

そういうわけでフリーとなってしまった僕は、リーンと会う約束をしていたことを思い出し、待ち合わせ場所へと向かったのだった。

「っていうわけでクラスチェンジできる代わりに悪魔狩り部隊とかいうのに入れられることになったんだよね」

リーンに一通りの事情を説明し終えた僕はそう言い紅茶で喉を潤した。

……うまいな、この紅茶。話が長くなりそうだからと適当なカフェテリアに入ったが、意外にアタリかもしれない。ウェイトレスも可愛くてスカートが短いし、今度から軽食はここで取ろうかな。

通りかかったウェイトレスのヒラヒラ揺れるスカートを目で追いながらそんなことを考えていると、リーンが目をキラキラさせてこちらを見てるのに気づいた。

「す、スゴいよレン姉《ねえ》！　悪魔狩り部隊って要はエリート集団なんでしょ？　そこに入れさせて貰《もら》えるなんて！」

「あ～……そういう見方もあるか」

この街で生まれ育った人達にとってみれば、寡兵で強大な敵に挑みこの戦いを終わらさんとしている悪魔狩り部隊は、英雄にも等しいだろう。見事任務を果たした暁には、街中の尊敬を得られるに違いない。

この悪魔狩りでの最大の報酬は、そういった名声なのかもしれない。

あぁ、となるとギルドの目的の一つにはそういった英雄を作り出すといった面もあるのかな？

「レン姉？　どうしたの？」

気がつくとリーンが小首をかしげて怪訝そうにこちらを見ていた。

っと、いけないいけない。最近こうやって考え事に沈むことが多くなってる。前はあんまり考えこむことがなかったのに……。

まぁ、僕もだんだん思慮深くなってきてるということかもしれない。これは魔法使いから賢者へのクラスチェンジも近いか？　ふへへ。

ってまた思考が脇道にそれちゃったよ。そろそろ本題に入るとするか。

「ごめんごめん。ちょっと考え事してて。それで大侵攻中のリーンの活動なんだけど……」

「ぁ……、そ、そっか。レン姉は部隊に行くんだもんね。ボクは一緒には行けないか……」

「うん……正直リーンが一緒の方が僕も安心なんだけど……」

さすがにクラスチェンジしてないリーンを連れて行くのは彼女にとってあまりに過酷だろう。まさかリーンもクラスチェンジさせるわけにはいかないし、それに何より彼女にはしてほしいことがあった。

「ボクのことは気にしないで。レン姉はレン姉のやるべきことをやってよ。ボクはボクでなんとかするからさ」

どこかひきつった笑顔で無理に微笑むリーンに、僕はストップを掛けた。

「ちょっと待って。そのことなんだけど、リーンに頼みたいことがあるんだ」

「え？　た、頼みたいこと？」

「うん。リーンにしか頼めない」

「ボクにしか……？」

リーンは一瞬呆気《あっけ》に取られた後、パアッと顔を輝かせた。

「ま、任せて！　あた、じゃなくてボク、なんでもやるよ！」

「あはは、ありがとう」

僕はリーンに礼を言った後、彼女の目を覗《のぞ》きこむと言った。

「リーンには大侵攻中守ってほしい人がいるんだ」


「えっと、ここにそのユーウェさん？　だっけ？　その人がいるの？」

僕の部屋の前でリーンがやや硬い表情で言った。

緊張しているようだ。僕も緊張している。

ユーウェにとって、リーンは僕の浮気相手に他ならない。無断外泊の一件以降も、迷宮帰りは石鹸《せっけん》の匂いを漂わせているし、着実にヘイトをため続けていることだろう。

そんな二人が出会うことでどんな化学反応が起こるか。想像するだけで胃がキリキリした。

それでも会わせないわけにはいかない。大侵攻が何日続くかは知らないが、数時間で終わるということはないだろう。

その間、ずっとリーンにはユーウェを守ってもらうのだ。二人には良好な関係を築いてもらう必要があった。

「うん、基本的に部屋にずっといるからね。……一応外出は許可してるんだけど」

そういいながら僕は部屋の戸をノックした。

「ユーウェ、帰ったよ。ただいま」

扉を開けると、ユーウェがすぐさま出迎えてくれた。

「レンさん、おかえりなさい。今日は早かったですね。……あれ、そちらの方は？」

「えっと、これが前言ったリーン。大侵攻中ユーウェを守って貰おうと思って連れてきたんだ」

「り、リーンです。よ、よろしくお願いします」

ぺこり、と可愛らしく頭を下げるリーン。それを見たユーウェの表情が、笑みに歪《ゆが》んだ。

「あぁ、こちらの方が例の……」

その笑みのあまりの艶やかさに、僕の背筋に冷たいものが走った。

な、なんて笑顔だ。や、やっぱりこの二人は会わせちゃいけなかったか？

そう考えているうちに、ユーウェがリーンへと近づく。

「はじめまして。私ユーウェと言います。レンさんの奴隷やっています」

先ほどの笑みが嘘かのように普通に話しかけた。

そのまさに純真無垢《むく》といった感じの笑顔に、リーンの肩から力が抜ける。

「あ、はい。聞いています。奴隷だけど、大切な家族だって……」

「わぁっ、ホントですか？　嬉《うれ》しいですっ」

「あ、あはは。なんか恥ずかしいな」

そう頭を掻《か》きながら僕は言うも、どこかユーウェの様子に違和感が抜けなかった。

なんだ？　妙に友好的だなぁ。いや、別に修羅場って欲しいわけじゃないんだけど。

僕が怪しんでいるとユーウェがこちらに振り返った。

「ところで先ほど私を守ってもらうって……？」

「え？　あ、うん。いよいよ大侵攻が始まるからね。大侵攻中は僕もギルドに仕事押し付けられちゃったからユーウェの側にはいられない。だから信頼できて強い人を連れてきたんだ」

「そうだったんですか。……と、なるとリーンさんはこの部屋で寝泊まりすることになるんですか？」

「え？　えっと……どうなの？　レン姉」

「あー……そうなる、かな？　いざというとき近くにいてもらう必要があるから。……もしかして、ユーウェ嫌かな？　なら隣の部屋とか借りるけど」

「まさか。クなんとかさんならともかく、リーンさんみたいに可愛らしい方なら大歓迎ですっ！

……………………本当に、大歓迎……ふふ」

後半はなんだか聞き取れなかったが、どうやらユーウェもリーンを気に入ったみたいなので、僕はホッと一息ついた。

どうやら、危惧していた修羅場は杞憂《きゆう》だったようだ。

っていうかクなんとかさんってクロウのこと？

もしかしてユーウェがリーンを歓迎したのは、これでクロウと組む必要がなくなるからなのだろうか……？

などと小首を傾《かし》げていると、ふとユーウェがポツリと呟《つぶや》いた。

「でも………」

「ん？」

「でも、そうですね。この部屋で寝泊まりしてもらうなら、リーンさんにもこの部屋のルールを守ってもらう必要がありますよね？」

そう言って、ユーウェは僕にだけ見えるように微笑んだ。

え？　る、ルール？　そ、そんなのあったっけ？　っていうかその妖しい笑みは一体……？

僕が内心おろおろしているうちに事態は刻一刻と変わっていた。

「ルール、って？　なにか守らなきゃいけないことあるの？」

「はい。でも簡単なことですよ」

キヨトンと首を傾《かし》げるリーンに、ユーウェはそういうと彼女の背後に回った。

「え？　ゆ、ユーウェさん？　なんで抱きついて……？」

リーンが混乱した声を出すが、ユーウェは全く意に介さない。

「ふふ、本当に可愛らしい。ちっちゃくて目がクリクリしてて、子猫みたい……。そのくせ胸はこんなにおっきくて柔らかい……」

「ひゃっ？　ゆ、ユーウェさん？　は、放して…」

「大丈夫。そんなに緊張することないですよ。安心してください。この部屋で過ごせばすぐにエッチなことしか考えられなくなりますから」

狂気的な色を瞳に浮かべて言うユーウェに、リーンはサーッと顔を青ざめさせた。

「な、なにを言って……？　れ、レン姉、た、助けてっ！」

その言葉に、僕は硬直していた身体を動かしかけたが、ユーウェに一瞥されただけで身体は動かなくなった。

え？　なにこれ、魔法？　スキル？　っていうかユーウェさん、キャラが違うんですけど……。

僕を視線だけで制したユーウェは、再び視線をリーンに戻すと言った。

「ふふ、無駄ですよ。レンさんは助けてくれません。だって、これはルールなんですから」

「え？」

呆然《ぼうぜん》と問い返すリーン。そんなリーンの耳元でユーウェはそっと囁《ささや》いた。

「この部屋にいて良いのは、レンさんとその性奴隷だけなんですよ」

「ぁ…………」

その言葉で、リーンはすべてを諦めたようにくたりと全身から力を抜いた。

そしてユーウェはこちらを艶やかな瞳で見ると。

「──さぁ、三人で一緒になりましょう。愉しい夜になりそうですね」

そう言って笑うのだった。


くちゅくちゅと、水っぽい音が響く。

籠った嬌声《きょうせい》が絶え間なく聞こえ、辺りは性臭の混じった淫靡《いんび》な薫りで満ちていた。

「はい。いいですよ、その調子です。自分が最高に感じる調子で膣でディルドーをしごいてください ね」

「んんんんーーー！」

ユーウェが、ご機嫌な様子でリーンのあそこに挿入された女芯の男根を出し入れする。

リーンはそれにくぐもった悲鳴を漏らすも、決して口に咥《くわ》えたそれを離すことはなかった。

彼女たちは今、シックスナインの形で互いに愛撫《あいぶ》をしていた。

「あんっ、ダメですよ。フェラしてる時に声を出しちゃ、……お仕置きですよ？」

「ご、ごめんなさい」

リーンは顔を恐怖のような、しかし期待に潤んだようなどうとも取れる表情に歪めすぐさまユーウェの細いクリチ×ポに吸い付く。

そんな彼女の秘部にはリーンのクリトリスと同調させられた女芯の男根が挿入されており、ユーウェが抜き差しするごとに腰がガクガクと震えていた。

それでもリーンは決して声を漏らさす、半ば白眼を剝《む》きながらも必死にユーウェのクリチ×ポへとフェラをしていた。

「くぁあっ、んんっ、い、いいですよ……よ、よくできました。あっ」

ユーウェが、ビクッと身体を震わし前のめりになる。口から涎《よだれ》を垂らしながらも、リーンの頭を撫《な》でるとリーンは一層激しくフェラをした。

それにユーウェは嬌声を上げ、さらに激しく女芯の男根を動かす。すると、リーンの身体がビクビクと震えフェラの勢いが弱まる。

しばらくすると再びリーンのフェラの勢いが戻り、ユーウェが再び女芯の男根を激しく動かす、といったループが行われていた。

僕はそれを裸のままソファーに寝そべりながら眺めていた。

(リーンもかなり調教されてきたな……)

リーンがこの部屋で寝泊まりするようになって六日が経った。

その間、リーンは常に僕かリーンのどちらかに調教を受け続けた。

といっても、僕はレベルアップのためギルドに行くことが多いので、調教は主にユーウェが担当していた。

ユーウェのリーンへの調教は、繊細かつ凄惨なものだった。

焦《じ》らし責めを中心に、イカセ責め、アナル調教、ピアス開け、不眠耐久絶頂、羞恥責めなど、リーンの肉体と精神を徹底的に開発していった。

体力こそ僕が魔法で回復させてはいるが、寝る暇すら与えられない調教の日々に、今ではリーンは切れかけの電灯のように気絶と覚醒を繰り返していた。

おそらく体感ではリーンは一ヶ月近い時間を過ごしているのではないだろうか。

しかし、それだけ濃密な時間を過ごしただけに、リーンの調教、特に肉体の開発は完璧と言えた。

「それじゃあそろそろ……っ、ご褒美《ほうび》を上げますね」

軽い絶頂を迎えて満足したのか、ユーウェはフェラを止めさせると僕に目で合図をしてきた。

僕は頷くと、魔法の用意をする。

その間に、リーンは重たい身体を引きずるように僕の前に這って来ると、僕にお尻を向けて四つん這いになった。

僕は誘惑するようにフリフリとお尻を振るリーンに、魔法陣が完成するとその魔法を放った。

「〝アマーリエの祝福〟、術式起動《ファイア》」

戦術級魔法〝アマーリエの祝福〟。

対象の生命力を一定時間回復し続ける回復魔法。

重傷は無理だが、細かな傷や体力の消費程度は瞬く間に癒《いや》してくれる。

なぜこんな魔法を掛けるのかというと、ちょっと常軌を逸したほどの無尽蔵の体力を持つユーウェと異なり、年相応の体力しか持たないリーンでは僕らのプレイは負担が大きすぎるからだった。

もっとも、この魔法では精神力までは回復しないため、リーンは精神的な過労で頻繁に気絶してしまうのだが、これで少なくとも死ぬことだけはない。

……しかし他の女の子とエッチして再確認したことだが、ユーウェのこの無尽蔵の体力というか頑丈さは一体なんなんだろう？

ちょっと常人のそれを凌駕《りょうが》しすぎている気がする。

彼女が特に特殊なスキルを持っていないことは購入した時に調べてわかっているが、もしかして僕が【愛欲】を手に入れた時のようにユーウェもエッチのし過ぎで性行為用のスキルでも手に入れているのだろうか？

（まあそんなこと今はどうでもいいか）

魔法が無事にかかったことを確認すると、僕は女芯の男根を装着して、リーンの膣口へと当てた。

その際に、女芯の男根の快楽配分を僕：リーン＝１：５ほどに調整する。さすがに、そのままの感度だと僕には辛すぎるからだ。

この感度だと、ちょうどチ×コよりも少し敏感過ぎるくらいでちょうど良かった。

「じゃあイくよ」

リーンの耳元でそっと囁くと、リーンは期待かあるいはこれからの快楽に怯《おび》えてかゾクゾクと身体を震わした。

リーンの顔が見えないのを残念に思いながらも、僕は女芯の男根を一気にリーンへ突き刺した。

その際に、吸淫のピアスから一回分の絶頂を引き出す。

「ッッッ!?　ぅぁあああっ！　がぁっ、あぁっ、イッグゥ…！」

いきなりの刺激と絶頂に、リーンは背筋を反らしながらぶるぶると震える。

強い締め付けに、僕はくぅっと呻きながらも強引に腰を動かす。

「んんんぁぁぁぁぁぁぁあああ！　あああ、あぁあああっ!!!」

絶頂して敏感になっているところに無理やりピストンされたリーンは、半ば悲鳴のような嬌声をあげるが、僕の動きが止まることはない。

動きを止めるためか、あるいは無意識にか、リーンがぎゅうぎゅうとオマ×コを締め付けてくるが、愛液で潤ったオマ×コではスパイスになるだけだった。

それどころか、その締め付けの快感のほとんどを受けとるのはリーン自身。

結果的に自分のクリトリスを自分のオマ×コで扱《しご》きあげることになったリーンは、一突きごとに絶頂することになった。

「んイイイ……！　イイイっくぅ！」

手足を生まれたての小鹿のように震わしながらも、それでもなんとか四つん這いを維持するリーンに、僕は誉《ほ》めてあげたくすらなったのだが、鬼畜奴隷ユーウェには不満のようだった。

「ほら、リーンさん。ダメですよ、自分だけが感じてちゃ。肉奴隷たるもの、たとえ死ぬ寸前の快楽の中でも決してご主人様への御奉仕を忘れてはいけませんよ」

「んはぁぁあっ、はンン…！　ぅぐぁぁぁ！」

リーンは、聞こえているのかいないのか、あえぎ声を漏らすばかり。

そんなリーンの前にユーウェはしゃがみこむとリーンの顔を両手で挟み視線を合わせた。

強すぎる快感に前後不覚となり、虚ろな瞳となるリーンの眼と聖母のように慈愛に満ちたユーウェの眼が合う。

「そんなことじゃあ、レンさんに捨てられてもしりませんよ？」

「――――ッ!?」

ビクンッ、とリーンの身体が震えた。

そして、僕の動きに合わせて腰を動かす。

その動きはぎこちなく稚拙なものだったが、リーンの必死さが伝わってくるものだった。

「うぁっ、あぁっ、ごめ、ごめんなさっ、ぁがぁっ、い、いっく……！　くぁぁっ、が、がんばる、からっ、あぁっ、ボクがんばるから、す、捨てない、でっ……！　あっ、また……イグッ」

……一体ユーウェはどんな調教したんだよ。

と内心恐怖を覚えながらも、僕は次第にリーンのオマ×コの気持ちよさに意識を奪われていった。

辺りから風景が消え、世界に僕とリーンだけになる。

次に音が消え、匂いが消えた。

意識は触覚だけに集中され、僕は快楽を貪る機械となっていった。

「そう、その調子ですよ。これからもその調子で頑張りましょうね。自分を捨て、献身的にレンさんに尽くしていれば、捨てられることだけはありませんから」

「んんん……！　ぃぃ！　ぁぁぁ！」

ぎゅうぎゅうと締め付ける。擬似的なペニスを余すことなくシゴキ上げられ、ますます腰の動きが加速する。

「レンさんに捨てられたらまた今までのあなたに逆戻りです。何も持たず、何も得られない何の価値もないあなたに逆戻り……」

「ぁぁっぁ、や、やらぁ！　やぁらぁ！　んぁぁぁ！」

膣壁がざわめき、脳裏に軽く電流が走った。歯を食いしばり、必死に絶頂を耐える。それでも、腰だけは別の生き物になってしまったかのように止まることはなかった。

「イヤですか？　でもしょうがないですよね、元々のあなたに価値なんてないんですから。今のあなたがあるのは全部レンさんのおかげ。あなたに価値があるのはレンさんがあなたを必要としているから。レンさんがあなたを必要としている、それだけがあなたの価値………………」

「うぁっ、あああっ、あぁっ、んぐぁあああ」

無意識に、女芯の男根の配分を上げて行く。三割、四割、五割…、六割、七割、八割……、いつしか配分は逆転し、僕は自分がイッってるのかイッってないのかすらわからなくなる。

「わかりますよね？　レンさんがあなたを捨てた時、それがあなたの終わりなんです。そんなのイヤですよね？　じゃあ頑張りましょう。命を懸けて頑張りましょう。昼は武器として、夜は玩具としてレンさんの役に立ちましょう」

それでもこの動きだけは止まらない。いま動きを止めてしまったのなら、最高の快感は得られないと分かっているから。

そして。

「は、いぃぃぃぃッ！　んぁあああ、いっくゥゥ、ああ！　が、がんばる……ッ、がんばり、ま、すっ…！　あああっ」

「はい、頑張りましょう。大丈夫。レンさんはリーンさんにとっても期待してますよ」

「イッグぅぅぅぅぅぅぅぅぅぅぅッッッ……!!!」

「つぅっ………！」

強い、あまりに強い締め付けに、僕は呻きながらも絶頂を迎えた。

視界が点滅し、ぐらぐらと世界が揺れる。脳の回路が焼ききれるんじゃないかというほどの快感。最高だった。

凄まじい眠気にも似た倦怠感《けんたいかん》が僕を襲うが、なんとか堪《こら》える。

さすがにいま寝たら取り返しのつかないことになるだろう。

「……………ふぅ、気持ち良かった」

ほぅ、と息をつき、脱力状態のままソファーに身を預ける。

すると、すぐさまユーウェがタオルで身体を拭いてくれた。

「ありがと」

「どういたしまして。……リーンさんは気絶してしまったみたいですね。起こして続きをしますか?」

「いや、いいよ。寝かしておいてあげて。もうそろそろ行かなきゃいけない時間だし」

「あ、ギルドに行く時間でしたか。わかりました。リーンさんが目を覚ましたらお風呂に入れておきますね」

「うん。アマーリエの祝福をかけてあるからわりとすぐ起きると思う」

そう言いながら、僕は服を身に着けていく。

清浄のスカーフの効果により、汗や匂いなどが消えていく。

「じゃあ、行ってくるね」

「はい、お気をつけて」

可憐《かれん》な笑顔で見送ってくれるユーウェに、僕も微笑み返すと、僕は軽い足取りでギルドへと向かった。

今日は待ちに待ったクラスチェンジの日。そして、大侵攻当日でもあった。


魔界の侵略路、迷宮。

数多の魔物を内包し、今も虎視眈々《こしたんたん》と地上への侵攻を目論《もくろ》むこのダンジョンは、しかし同時に数々の英雄たちをも産み出した。

英雄たちは華々しい活躍を残し、その輝きはいまも無数の冒険者たちを魅了してやまない。

冒険者たちはいつかは自分も、と希望を胸に灯し日夜迷宮に潜り続ける。

そんな英雄たちの中で、異彩を放つ人物がいる。

不明レン。

七つの大罪、財宝神の蔵、投影、解析といった数々のレアスキルを有した英雄。

ありとあらゆるものが謎に包まれた英雄。

それ故に彼女は不明という二つ名を名付けられた。

そんな彼女の偉業は、他の英雄が比肩しうることのないほど巨大なものである。

なぜなら、彼女は人類で唯一魔界を旅し、そして百近くのグレーターデーモンを下し、そしてついには当時の魔王を倒した真の英雄なのだから。

それは決して人類には不可能な偉業。

人の壁を超え、人類の不可能を可能とした彼女には、必然一つの疑惑が付きまとう。

そう、果たして彼女は本当に人間だったのかと。

故に、彼女は不明と並んでもう一つの名で呼ばれることも多い。

魔人レン、と。

——なーんてことになっちゃったりしてっ!!

ギルドの扉を前にして、僕はにへらにへらと笑った。

あ、ちなみに今までのは全部妄想です。

まぁ？　クラスチェンジをして今後も順調に成長を続けていけば、あながち完全な妄想とは言えないけどね。

いやしかし楽しみだなぁ、クラスチェンジ。

もしかして、通常クラス以外の特殊クラスが出ちゃったりして。

やっぱ、普通にあり得るよ。だって主人公だけの特殊クラスと言えば異世界トリップのテンプレだしね。

なんだろう、やっぱ魔法が関係したものだよね。

うーん、定番としてはやっぱり魔法剣士辺りだろうか。それとも魔法師の上位互換的な感じで魔導師とかッ。

うっわ、なんかめちゃくちゃわくわくしてきた。

こんなにテンション上がってきたのは悪魔が本当に出てきた時以来じゃないだろうか。

実質タダで特典が手に入るところもシチュエーションが似てる。

そう本当にそっ、く、り…………………。

……そういえば、悪魔との取り引きの時も結局こんなテンションで騙されたんだよね。

女に変えられ、スキルは思っていたのとは違い、知識は欠陥《けっかん》あり。

もしかして、今回も落とし穴があったりするんじゃあ……？

…………まぁ、とはいってももうここまで来た以上突き進むしかないんだけどね。

僕は首を振って懸念を振り払うとギルドの扉を開けた。

すると飛び込んで来たのは人、人、人。

喧騒《けんそう》は音割れがするほどで、人口密度は僕の元いた世界の通勤ラッシュ並み。

大侵攻が始まってからというもの、ギルドは連日冒険者たちの姿でこのように溢《あふ》れかえっていた。

彼らの目的は、情報収集。そして仲間集めだ。たとえ大侵攻の最中と言えど冒険者たちがパーティー単位で行動するのは変わりない。

本来ならば軍のように行動するのが望ましいのだろうが、普段そのような訓練をしていない彼らが軍の真似事をしても混乱するだけだ。

故に大侵攻の際も彼らはパーティー単位で行動する。

ただ違うのは、数十個のパーティーが集まり、さらに各パーティーのリーダーに指示をするものたちがいるということか。

オンラインゲームでは、時折レイドと呼ばれるものに似ている。

まぁ、悪魔狩り部隊の僕には関係ないんだけどね。

しかしそんなことは彼らは知らないわけで。

「あ、あの、もしかしてフリーですか？」

こうして勧誘に声を掛けられることも少なくない。

声の方を振り返ると、そこには十五、六歳くらいの青年たちが三人ほど。純朴そうな顔立ちをした、ＴＨＥ・モブといった感じの男の子たちだ。

なんだかかつての僕を連想させてちょっぴり親近感。

彼らは、緊張にかあるいは僕の容姿にか頬を微かに紅潮させて言う。

「あの、俺たちいつも三人で組んでるんですが魔力持ちがいなくて……。フリーなら良ければ俺たちのパーティーに入ってくれませんか？　レベル２ですけど、絶対守りますんで！　傷一つつけないんで！」

リーダー格なのだろう、少年の言葉にコクコクと頷く後ろの少年たち。

うーん、微笑ましい。三人組というのがあの糞レイパーどもと対比させて好印象だ。

あるいはリーンと出会う前ならば頷いたかも知れない。

しかし、今の僕には役目がある。さてどう断ろうか。

そう僕が口を開こうとした瞬間、背後から声を掛けられた。

「お待ちしておりました、レン様。クラスチェンジの準備はできております」

「クラスチェンジ!?」

少年たちの驚きの声を聞きながら振り返ると、そこに居たのは案の定クレインさんだった。

彼女はチラリと少年たちを見ると僕に問う。

「こちらは?」

「あー、今ちょっと勧誘されて……」

「そうですか」

僕の言葉にクレインさんは頷くと、彼らに向き直り。

「申し訳ありませんが、こちらのレン様にはギルドから特殊クエストを依頼させていただいております。クラス持ちが最低ラインとなる難易度の高いクエストとなりますので、ご遠慮ください」

「……あ、はい」

「それではレン様、こちらの方へ」

「あ、うん。じゃあ悪いけどそういうわけで。頑張ってね」

ぽかん、とした感じの少年たちに僕は愛想笑いを浮かべながらそう言って手を振ると、クレインさんの後をついていったのだった。


「こちらが、クラスチェンジの装置となります」

クレインさんに案内されたその部屋にあったのは、人間の頭ほどもある宝石だった。

これ、まさか、……ダイヤモンド、か？

ま、マジかよ。デカすぎる。売ればいくらになるんだ？

僕が巨大ダイヤモンドに圧倒されていると、クレインさんが動じた風もなく言った。

「そちらの結晶に手を当ててください。クラスチェンジ可能なクラスが表示されます」

ん？

クレインさんの言葉に引っ掛かりを覚えた僕は、彼女を振り返った。

「クラスチェンジ可能ってことは、クラスチェンジできないクラスもあるってことですか？」

「あっ、説明しておりませんでしたね。はい、おっしゃる通りです。例えば、オーソドックスな5タイプのうち、魔法師。これは魔力持ちでしか取得できません。その逆で、肉体のステータスを取得していない魔法師は、騎士などの近接系のクラスを取得することはできません」

今さら、本当に今さらの説明に、僕は眉をひそめた。

「それってクラス取得の条件にステータスがあるってことですか？　それ、事前に説明してくれないと致命的じゃないですか」

「申し訳ありません。ですが、一概にそうとも言えないのです」

「というと？」

「クラスチェンジの条件は、実は当ギルドでも把握しきれておりません。クラスチェンジ取得の条件は、素体の元々の能力値、スキル、経歴、技能などが複雑に入り込んでおり体系的に区別することが不可能なのです。そのうち、大抵の者が取得できるクラスが、あのガイドに載っている５タイプなのです」

「なるほど……」

納得はできなかったがとりあえず理解はできた。

それに、一応魔法師は取得できるようなのだから文句はない。

僕は結晶に近づくと、恐る恐るそれに触れた。

指先に冷たい感触がしたのと同時に、一瞬だけ熱を感じたかと思うと結晶に文字が表示された。

《魔法師》魔力５、意思５
【効率術式】：一回の魔法の魔力消費が減る。軽減値は意思に依存。

《魔女》魔力5、意思5
【詠唱圧縮】：呪文の詠唱時間を短縮できる。短縮値は意思に依存。

「これは……」

クレインさんが見入るように画面を見た。

僕も画面を凝視する。

魔法師。これはいい。これは予定通りだ。だが、魔女。これは……。

「クレインさん、魔女ってクラスは珍しくないんですか？」

「いえ、初めて見ます。レアクラスですね。スキルも、……面白い」

「ん……」

僕は、魔法師と魔女のクラスを良く見比べて見た。

ステータスアップは両方とも同じだ。魔力と意思に5づつ。違うのはスキルだけ。

【効率術式】と【詠唱圧縮】。

魔力の減りを抑えてくれるスキルと、詠唱の長さを短くしてくれるスキル。

全く違うスキルではあるが、共通しているのは魔力持ちにとってはどちらも非常に有益なスキルということだ。

「……なかなかに悩ましい選択ですね。どちらになさるのでしょうか？」

クレインさんが僕に問いかける。

それに僕は眼を瞑《つむ》り考えた。

まず、魔法師のメリットは継戦能力の増加だ。魔力持ちにとって魔力とは戦闘力そのものであり、そして魔力の切れた魔力持ちはタダのお荷物だ。その魔力の減りを抑えてくれるスキル。素晴らしい。

特に良いのが、僕の【高慢】との相性が良いことだ。先日も言った通り、この二つのスキルがあれば一国の軍隊相手とも戦えるだろう。そして、それは魔界の軍との戦いである大侵攻では非常に役立つということを表していた。

ただし、その詠唱時間を稼いでくれる信頼できる前衛が居れば、の話だが。

さて次に魔女を選んだ際のメリットを考えてみよう。

こちらのメリットは至極シンプル。僕の戦闘力の増大だ。古来より魔力持ちが悩まされてきた詠唱時間の長さ。それが短くなる。なんとも素晴らしい能力だ。このスキルもまた、僕の他のスキルと相性が良い。【高慢】と合わせれば、一瞬で戦略級。いや天災級の魔法すら使用可能だろう。一瞬であのフランベルジュが飛んでくるその恐怖たるや。魔力のある限り、僕は無敵といっても良いだろう。そしてその魔力も【愛欲】というスキルが解決してくれる。

ただ問題なのは、【詠唱圧縮】というスキルの性質上どうしても魔力の消費速度が加速し、魔力切れが早くなる、つまり継戦能力が短くなるということか。

魔法師を取れば、継戦能力が増大し、しかし個体の戦闘力はあまり伸びない。

魔女を取ればこと戦闘においては無敵だが、継戦能力がなくなる。

どちらも僕にとってはメリットしかないスキル。それだけに悩ましい。

……しかし、魔女。魔女ねぇ？

魔女とは古くから悪魔と交わり、魔力を得たものを意味する。

ラーミアという女悪魔と交わって、この身体と魔法の力を得た僕は、まさに魔女そのものだろう。

そしてそんな僕の奴隷で、何度も交わったユーウェは差し詰め魔女の使い魔といったところか。

「レン様」

そんなことを考えていると、クレインさんが決断を迫ってきた。もうあまり、時間がないのだろう。

本来ならば一月はじっくり考えて結論を出したい問題だが……。

その時ふと脳裏に過《よぎ》ったのは二つの光景。

クロウがグレーターデーモンと戦ったあの時、もしこのスキルがあったなら。彼をあそこまで苦しめずに勝てたかも知れない。

あの魔物トリオに犯されそうになった時、このスキルがあったなら。一瞬で奴らを焼き殺すことができたに違いない。

……答えは出た。

「魔女でお願いします」

これが仮にラーミアの目論見通りだったとしても、この選択以外の答えはなかった。

「……了解しました」

頷いたクレインさんが何か操作をすると結晶が眩《まばゆ》く輝き、僕を取り込んだ。

そして光が消えると。

「おめでとうございます。これでクラスチェンジは終了しました」

「……え？　これだけ？」

僕は拍子抜けした。てっきり、何かの試練のようなものがあって、それを僕が主人公パワーを発揮して乗り越える、みたいなイベントを予想していたのだが。

「なんか一瞬だったし、実感わかないなぁ」

「いえ、体感では一瞬だったかもしれませんがこちらでは半日経過していますよ」

「え？　半日も？」

「はい」

「へぇ……」

こちらの感覚では一瞬だったのだが、そうか半日も経っていたのか。

それはそれで〝らしい〟なぁと僕が感嘆していると。

「レン様、お目覚めしたばかりのところ申し訳ありませんが既に大侵攻は始まっております」

クレインさんがどこか強張った表情でそう言った。

その言葉に僕は気を引き締める。

「既に冒険者の方々は防衛ラインに赴き戦って居られますが、何体かの強力な魔族がラインを突破してしまった模様です」

それを聞いて僕はざわりと背筋が粟立《あわだ》つのを感じた。

防衛ラインを抜けた。それはつまり魔物が街へ出た、ということで。

ユーウェとリーンの顔がフラッシュバックする。

衝動的に駆け出しそうになる肉体に、しかし必死にブレーキを掛けるとクレインさんの言葉に耳を傾《かたむ》ける。

まずは情報を少しでも聞いてから。それからでも遅くはない。

そしてその判断は正解だった。

「ラインを抜けた魔物へは既にクラス持ちの、悪魔狩り部隊の方々を派遣させていただいております。すぐに討伐されることでしょう。彼らには、そのままラインを抜けた魔物を討伐して回ってもらい、デーモン種が発見され次第召集されることになります」

その言葉に僕はホッと胸を撫で下ろす。クラス持ちが遊撃部隊となっているなら問題はないだろう。

「それで、僕はどうすればいいの？　僕も遊撃部隊に？」

「いいえ、レン様には防衛ラインの方に向かっていただきます。どうも限界に近いらしく、レン様には防衛ラインが決壊しないですむくらいまで、魔物の数を減らしていただきます」

「わかった」

僕は頷くなりすぐに駆け出そうとし。

「あ、レン様。こちらを！」

クレインさんの声に振り向く。そして飛んできたそれをキャッチした。

見ると、それは綺麗な宝飾の付いた耳飾りだった。

「それは通信用の魔道具です。戦況が著しく変化した時、そしてデーモン種が発見された時はその魔道具で連絡する手はずになっております」

「なるほど」

僕が耳飾りを着けると、耳元からクレインさんの声が聞こえてきた。

『御健闘をお祈りします』

それに僕は微笑み頷くと、駆け出した。


——ここは地獄だ。

そう、ブラウは思った。

辺りには無数の死体が人魔物問わず転がり、手足を失い呻く怨叉《えんさ》の声と殺意を叩きつける怒号が満ちている。

これを、地獄と言わずしてなんという。

迷宮への入り口へと眼を向けて見れば、魔物達は無限に居るのではないかと思うほどに無尽蔵に湧《わ》いており、しかしこちらはと言えば仲間は減る一方。

冒険者達の間には既に絶望の念すら芽生え始めており、彼らがその剣から力を抜くのは時間の問題に思えた。

そんな、怒りと恨みと絶望と。そして死が満ちる地獄のような空間で。

「うおォォォォォ……ッ！」

しかしブラウは咆哮《ほうこう》と共に力強く剣を振り続けていた。

ブラウの前にいたオークの肉体が、斜めに切断され上半身が地に落ちる。

ブラウはそれを見届けることなく、次の獲物へと向かう。

ゴブリンが、コボルトが、オークが。

次々とブラウの前に現れては死んでいく。

その戦闘力は、レベル7という数値以上の物がある、鬼気迫る物があった。

絶望的な状況の中にあってもブラウを駆り立てるもの。

それは、ブラウの背に存在する守るべきものたちの存在だった。

ブラウは、親の顔を知らない。物心ついた頃には、孤児院にいた。

同様の子供は決して少なくなく、そういった子供たちの親は大抵は娼婦《しょうふ》か何かと相場が決まっていた。

堕ろすのは気が引ける、けれど自分で育てるつもりはない。そんな娼婦たちが孤児院に赤子を捨てる。中には出産を見せ物にする剛の者もおり、そういったショーの後に用済みとばかりに捨てられる子もいた。

そんなわけだから、ブラウたちは自分のルーツというのに興味はない。知ってもろくなことがないと理解しているからだ。

そんなブラウたちだからこそ、彼らは仲間を大事にした。

ルーツ（過去）がないからこそ仲間（今）を大事にした。

孤児院の仲間が街の子供にいじめられたなら全員で仕返しに行き、経営が悪化して食事が少なくなったなら小さな子へと率先して分け与える。

喜びは皆で分け合い、苦しみは共に解決。

そうして血以上の繋《つな》がりを育んだ孤児院の同胞たちは、エスカレーター式に系列の宝部屋組へと上がる。そして稼いだ金のほとんどを孤児院へと送る。

院を出た後も、彼らは仲間であり続けるのだ。

ブラウは、そうした先輩たちの生き様をその目に焼き付けて育った。

そんな彼の行動理念は至ってシンプルだ。

仲間を守る。それだけだ。

仲間とは、宝部屋組の同胞であり、孤児院の孤児たちである。

そして今、その孤児たちの命が危機に晒《さら》されようとしている。

ブラウの脳裏に、孤児院の小さく可愛いチビたちの姿が過る。

彼らが泣き叫びながら、この醜い魔物どもに喰《く》われる。

そんなもの、許容できるわけがなかった。

そして、防衛戦の結果はいつだって一か零《ゼロ》か。

十五年前の防衛戦では、多大な被害を冒険者達の間で出しつつも、しかし街への被害はほとんど無かった。幼きブラウが魔物の姿を目にすることはなかった。

それは、防衛ラインで魔物達の侵攻を冒険者達が押さえてくれていたから。

その代償に、孤児院出身の宝部屋組たちはそのほとんどが命を落とした。孤児たちの命を、完全に守るために。

それを見た時、ブラウは彼らと同じ生き方をすることに決めたのだ。

故に、ブラウは剣を振るう。

ここで戦い続けることが、孤児たちの安全につながるのだから。

――しかし、冒険者達のすべてが守るために戦っているわけではなかった。

「……あああああ!!! やってられるかよぉ！」

突然、そう言ったのはブラウの隣で戦っていたハイエナックルのメンバーの一人だった。

二十代後半ほどの、冴《さ》えない風貌の男。彼は、涙と鼻水で顔をくしゃくしゃにしてだらりと剣を垂れ下げていた。

「ッ！ 何をしてる！」

ブラウが彼に掴みかかると彼は涙ながらにブラウをにらみ返した。

「こんな、こんなの持つわけがねぇだろ！ 俺たちみんなこのまま死んじまう！」

「黙れ！ いいから戦えッ、俺たちが戦わなきゃチビどもが死んじまうんだぞ！」

そう言うブラウに、男は憎しみすら籠った眼でにらみ返すとブラウの腕を乱暴に払った。

「孤児どもなんか知るかよォ！ 俺はタダ少しでも小銭が稼げりゃと思ってハイエナックルに入っただけだ！ それが、こんなッ！ やってらんねぇよッ」

「ッ！」

ブラウは、ギリッと歯を食い縛った。

これが、宝部屋組の弱点。綻《ほころ》び。

孤児院上がりのメンバーが鉄の規律で行動している反面、こうしてただ甘い汁を吸うためだけにハイエナックルに入ってきた屑《くず》も存在する。

ブラウのような孤児出身組に対し、このような屑どもは堕落組と呼ばれていた。

彼ら堕落組は、その性根から怪我を負って冒険者を続けられなくなった脱落組とは異なり孤児組から一種軽蔑の眼で見られていた。

そんな屑どもでも、平時ならそれでもいい。だが、こうした非常事態では。

「とにかく俺はもうやってらんねぇよッ！」

「ッ！　待て！」

ブラウの制止を振り切り、男が戦場から背を向け逃げていく。

「くそがッ！」

ブラウは吐き捨てると、さらに苛烈《かれつ》な攻撃で魔物を切り捨てていく。

本当ならば、あの人間としての最低限の義務を放棄した魔物野郎をすぐにでも切り捨ててやりたい。

だが、今はそんな暇すら惜しい。とにかく、少しでも多くの魔物を。あの魔物野郎が抜けた穴を埋められるほどより多くの魔物を葬ってやらねば。

しかし同様の光景は他のところでも同時に起きていて。

覚悟も、忍耐もない堕落組がどんどん戦線離脱していき。

そしてそれを埋めるように奮闘する孤児組が無理が祟《たた》って倒れ。

そうして負の連鎖がさらなる連鎖を呼び、辛うじて拮抗《きっこう》していた戦線は、あっさりと崩壊していった。

「ああ……あぁぁっ、あああああ……!!」

それを見たブラウは、自分の視界が潤み歪むのを抑えることができなかった。

それは、絶望。

敗北にではない。

敗北の末、孤児たちが皆無残に魔物どもに殺される、それが堪《たま》らなく悔しくて。恐ろしくて。

「ああああああああああああああぁぁっ！！！！」

ブラウは生まれて初めて絶望と屈辱に涙した。

その時のことだった。

――らしくないな、ブラウ。君がそんな風に泣くなんてさぁ。

そんな言葉が上から降って来たのは。

「ッ！」

ハッとブラウが顔を上げると同時。

無数の雷が降り注ぎ、魔物共を貫いた。

魔物たちはその種族に関係なくあっけなく死んでゆく。

突如一変した光景にブラウは、いやその場に居た冒険者たちのすべてが呆然と見入る。

それから自然と声の方向を見た。

そこに居たのは、尋常ではないほどに美しい少女。まさに人外の美といっても過言ではない人間離れした容貌に冒険者たちは一人の例外なく見とれた。

そしてブラウは、その美しい少女の名を知っていた。

レン＝モリィ。

ビビりで見栄っ張りで考えなしの、見た目とスペック以外はゴミ同然の少女。

そんな彼女が、背後の砦《とりで》の上から魔物たちを冷たく睥睨《へいげい》していた。

「グゥウゥ……！」

低い、魔物特有の濁った唸《うな》り声にハッと我に返る。

見れば、新たに迷宮から湧き出した魔物たちに加え、オークなどの生命力に優れた魔物たちも立ち上がり、怒りに満ちた眼で冒険者たちを見下ろしていた。

それに、彼女がスッと手を上げると彼女の前に巨大な魔法陣が一瞬にして現れた。

そして、次の瞬間には再び雷の雨が降り注ぐ。

――戦術級範囲魔法、〝ヘラの激怒〟。

それを見たブラウは目を見張った。

先ほどの魔法はこれだったのか。しかし戦術級の魔法には長い詠唱が必要なはず……。

すべての魔力持ちが抱え続ける一つの悩み。詠唱の長さ。強い呪文を使おうとすればするほど、戦闘においてはあまりに長い時間を要する魔法使いの縛り。

単体で同レベル四人分の力を有する魔力持ちが、恐れられても迫害されない最大の理由はそれだ。いざとなれば白兵戦で容易《たやす》く倒せるから。それに尽きる。

だが、これはどうしたことだ。一瞬、ほんの瞬き程度の時間でこの魔法陣は現れた。

ブラウの脳裏にかつて彼女を包囲した時の光景が蘇《よみがえ》り、背中に冷たいものが走るのを感じた。

もしもあの時にもこれができたとしたら……なんと愚かなことをしていたのだろう。自分よりもよほど強大な存在に脅しをかけていたのだから。

そんなブラウを他所《よそ》に、数十もの魔物たちが一瞬で死に絶えたことに沸き立つ冒険者たちだったが、すぐに絶望することとなった。

すぐに同等の魔物たちが迷宮から現れたからだ。

いくら彼女の攻撃が強力とはいえ、魔法である以上その魔力は有限。

すぐに底をつく。

今いる千以上もの魔物すら、全滅させることはできないだろう。

そんな冒険者たちの前で、しかし彼女の顔はどこまでも涼しげだった。

誰もが彼女のその表情の理由を不可思議に思ったし、そしてそれ以上に期待した。

彼女がこれ以上の切り札を有しているのではないか、と。

そんな淡い期待に対し、彼女は見事に応《こた》えてくれた。

彼女が、ポツリと小さく呟く。

「〝マクスウェルの戯れ〟」

その瞬間、彼らは見た。

彼女のわずか一言で、複雑怪奇に組合わさった巨大な魔法陣が構築されるのを。

魔法陣の全長は五メートルほど。これほどまでに巨大なものをブラウは見たことがなく、それにどれほどの魔力が秘められているか……。

それが、詠唱もなく一瞬で現れたのだ。

その意味を理解したとき、ブラウの背筋を何かが走った。

それが恐怖なのか、歓喜なのか、感動なのか。

ブラウがその感情の正体を知る前に。

その魔法が発動した。

瞬間、閃光《せんこう》と爆音が鳴り響いた。

「――――――――」

音が死んでいた。視界も、光のあまりの強さに潰れている。

それでも数十掛けて視力を回復させたブラウは、その光景に呆然とした。

あれほどまでに存在した魔物が、無限にいると錯覚した魔物たちが。そのほとんどが姿を消していた。

爆心地と思われるところはあまりの熱量に溶解してすらいた。

唯一残るのは、ブラウたち冒険者の側にいた一部の魔物たちだけ。

恐らくブラウたちを巻き添えにしないよう、やや離れたところでしか放てなかったのだろう。

それは恐らく迷宮の入り口付近。その証拠にか、あれほど湧き出していた魔物が途絶えている。

恐らく次に詰めていた魔物たちの相当数も、今ので一気に倒してしまったのだろう。

「…………………………………………はは」

じわじわと、ブラウの心に湧き上がってくるものがあった。

それは、喜び。

それは、安堵《あんど》。

それは、希望。

彼女が居れば、もう大丈夫だと、素直にそう思えた。

それは、ブラウ以外の冒険者たちも同様で。

『ウォォォォォォ――――――！！！！！』

勝鬨にも似た歓声が砦に響き渡る。

そして彼らはその身に湧き上がる衝動に突き動かされるまま手近な魔物へと襲いかかっていく。

もはや、狩るものと狩られるものの立場は逆転していた。

「ふぅ……」

魔物の大半を消滅させ、残る魔物も次々に倒されていくと僕は自身の【高慢】の効果が切れるのを感じた。

眼下には、先ほどまでは膝を屈し絶望に喘《あえ》いでいた冒険者たちが水を得た魚のように戦っている。これならば、この防衛ラインは今しばらく大丈夫だろう。

彼らに奮闘して貰わねばこの街は滅ぶ。

実に身勝手な話だが、彼らには死ぬほど頑張って貰わねば。

そんなことを考えていると、残りの魔物の始末も終わり冒険者たちが喝采を上げていた。

その中にブラウの姿が見え僕は砦から降りると彼へと歩み寄っていく。

するとと、彼はすぐに僕に気づいた。

「やぁブラウ。なんだか子供みたいに泣いてたけど大丈夫？　プププ」

僕が口元に手を当てニマニマと笑いながら言うとブラウはヒクヒクと顔をひきつらせた。

「お、おかげさまで、ね」

「ふふふ」

そんなブラウの姿に僕は笑う。

かつては散々怖がらされ、この世界で最も恐怖していたブラウ。

だが、もう彼に対する恐怖はない。

何故ならば、彼に対する恐怖の根源は得体の知れなさであり、そして今はもう彼の人間らしいところを知っているのだから。

そう、僕は彼が迷子の子供のように泣きじゃくっている姿を知っているのである。

「そ、そんなことより、どうしてあなたがここに？」

僕が彼の泣いたところを思い浮かべてニマニマしていると、彼は焦《あせ》ったようにそう言った。

「うん？　ギルドに頼まれてね。遊撃部隊だよ」

「ギルドに？　……そういえば、先ほどの魔法は一体何なんですか？」

「あれ？　あれは戦略級範囲魔法〝マクスウェルの戯れ〟だよ」

「いや、そうではなく。一瞬で戦略級魔法を使ったあのスキルについてですが」

「あぁ、あれは……」

僕のクラススキルだよ。そう答えようとして、止める。

別に彼に力のからくりを説明してやる必要も義理もないだろう。

それに……謎の力の方がカッコイイしね。

故に。

「ヒ・ミ・ツ♪」

ウインクを一つ。

ブラウが、あからさまにイラッとしたのが分かった。

そんな、戦場に似つかわしくない穏やかな空気で居られたのもそこまでだった。

『レン様、レン様聞こえますかッ!?　緊急事態です！』

耳元の耳飾りからクレインさんの金切り声が聞こえて来た。

「ッ!?　なんですか！」

『レッサーデーモンが市街地の方で確認されましたッ』

「……なんだって？」

お、おいおい。どういうことだよ。なんでレッサーデーモンが市街地の方に？　防衛ラインを抜けた強力な魔物って、レッサーデーモンのことかよ！

『どうやらあちら側にもテレサの扉と同じような魔法があるようです。防衛ラインを抜け、市街地にいきなり現れたようです』

「糞ッ！」

悪態をついたのは僕ではなくブラウだった。

通信が聞こえたのかと思い見れば、その視線の先は迷宮。

そこからは、一時途絶えていた魔物の群れが思い出したように再び這い出して来ていた。

「このタイミングでかよ！」

「……何をボサッとしてるんです？　早く市街地の方に向かってください」

僕が思わずそう吐き捨てると、ブラウが視線を迷宮に向けたまま言った。

「ブラウ？」

「僕たちがこうして戦っているのは何のためだと思ってるんですか？　街を守るためです。その街に糞悪魔が現れた。なら今すぐ倒して貰わないと、ここで戦う意味がない」

「…………………」

「早く」

「分かった」

僕は、ブラウの悲壮なまでの決意に満ちた言葉に頷く。

だがその前に。

「〝アマーリエの祝福〟」

僕の言葉と共に、魔法陣が一瞬で構築される。

その魔法陣から無数の光球が溢れ出ると冒険者たちの元へと放たれていった。

「これは……」

ブラウが自分の手を見つめながら呟く。彼の身体についた無数の傷が瞬く間に癒されていった。

これからこの戦場を離れる僕にできるのはこの位だ。

「健闘を祈るよ」

「あなたも」

短く別れの言葉を交わすと、僕は市街地の方へと駆け出した。

走りながら耳飾りへと問いかける。

「それで、レッサーデーモンは今どこに？」

『現在レッサーデーモンは――――の付近にいるようです』

「――――え？」

一瞬、クレインさんの言葉が聞こえなくなった。

耳飾りの不調、ではない。

僕の脳が理解を拒否した。それだけだ。

「も、もう一度言ってくれないかな？」

僕の頼みに応えてクレインさんが述べたレッサーデーモンの現在地。

――それは僕が借りた、ユーウェとリーンの待つ宿屋のすぐ近くだった。


息を切らせ、僕が泊まっていた宿屋の区画へと辿《たど》り着いた時。

そこは既に記憶にある風景とは一変していた。

ほとんどの建物は倒壊し、火は今も燃え広がり熱気が肌を焼く。

ユーウェは、リーンは無事なのか。

辺りを見回しても、彼女たちの姿は無く。

それに安心すれば良いのか心配すればいいのか。

少なくとも、ここに転がる死体には、彼女たちの姿はない。

それを確認して、僕は駆け回る。

そして、見つけた。

彼女は、戦っていた。

「リーン……！」

レッサーデーモンを相手に、一歩も退かず敵を翻弄《ほんろう》している。

その戦い方は、巧み。

彼女の攻撃力では、レッサーデーモンの防御力を超えることはできないのだろう。しかし、人形であるならば、どうしても鍛えられない部位が存在する。例えば、眼だ。

彼女は、そういった脆《もろ》いところを時折狙うことでレッサーデーモンの気を引き、敵をこの場に引き留めていた。

レッサーデーモンは、当たれば一撃で殺せる敵をなかなか仕留められないイラつきから、ますますリーンを殺すことに躍起になり。

そしてリーンはそれをかわし続けることで時間稼ぎをしていた。

そう、時間稼ぎだ。

リーンでは、レッサーデーモンを倒すことはできない。故に、レッサーデーモンを倒すことができる者が、この場に現れるまでの時間稼ぎ。

そしてその誰かは誰だ？

僕だ。

悪魔狩り部隊の一員であり、そしてリーンが身近で知る中で一番の実力者。

彼女は僕が来ることだけを信じ、一歩間違えれば死ぬ暴風の中に身を置き続けたのだ。

リーン……。あの時君を仲間にしておいて本当に良かった。

僕は君の存在を誇りに思う。

胸に熱いモノを感じながら戦闘級単体魔法〝フレッドの風弾〟を詠唱する。

そして叫んだ。

「リーン！　下がれ！」

リーンはハッとこちらに気づくと、一瞬でレッサーデーモンから距離を取る。

その瞬間、戦闘級単体魔法〝フレッドの風弾〟が発動。レッサーデーモンを吹き飛ばした。

魔法によるダメージは大したことはなかっただろうが、新手を警戒したのかレッサーデーモンたちがすぐさま襲い掛かってくることはなかった。

そのわずかな時間を利用して、リーンが僕へと駆けよってくる。

「レン姉！」

リーンの表情は喜色満面で、僕はそれに微笑み返し言った。

「リーン、怪我は……ない、みたいだね。良かった……」

「うん、レン姉も無事で良かった」

「ユーウェは？」

「ユーウェ姉は隠れてもらってる。無事だよ」

「良かった……」

僕はホッと胸を撫で下ろす。

ならば後は、このレッサーデーモンを倒す。それでハッピーエンドだ。

視線をレッサーデーモンへと向けると、敵もこちらを険《けわ》しい眼で睨んでいた。

無言に睨みあい。火の粉が爆《は》ぜる音と遠くから悲鳴や怒号が聞こえる中、徐々に緊迫感だけが高まっていく。

そして戦いの火蓋が切られようとしたその瞬間。

「レンさん！」

その声を聞いた瞬間、僕の全身が粟立つのを感じた。

レッサーデーモンの背後、崩れた廃屋から飛び出て来たのは一人の少女。

僕がその姿を見間違えるわけがない。何故なら、彼女とはこの世界に来てから最も長い時を共に過ごしたのだから。

ズンッ、と腹部に重みを感じ、背筋からスーッと熱が失われた。

不、味い……!!

「バッ！　出てくるなァ――――！」

ユーウェを見、そしてその叫びを聞いたレッサーデーモンは、ニヤリと笑い。

やめろ。やめろやめろやめろやめろやめろやめろやめろやめろやめろやめろ。

ユーウェへと駆け出した。

すべてがスローモーション。音も風も、すべてが消えて、見えるのはユーウェと糞悪魔。

糞悪魔はゆっくりと、しかし現実には間に合わないくらいに一瞬で。

ユーウェに襲いかかりその腕を振り抜いた。

「あ、あぁぁ、ぅあ、あああああ……！」

ユーウェの小さな身体がサッカーボールのように勢い良く地面に叩きつけられ、跳ね、転がり。

そして建物に轟音《ごうおん》と共に突っ込むのを。

僕は確かに見た。

一拍遅れて、石造りの頑丈な建物が音を立てて倒壊していく。それが、ユーウェの受けた衝撃の大きさを物語っていた。

まるで悪夢のように現実感のない、ふわふわとした真綿で首を絞められるような……。

そんな、現実だった。

「ぅ、あ………」

ガクガクと、全身が震えるのを感じる。息ができなくて、無理やり呼吸しようとしてカヒューカヒューという変な音が漏れた。

そしたらどんどん気持ち悪くなり、僕は蹲《うずくま》るとゲェーゲェーと吐き出してしまった。

なんだ、これは……。

何が、どうなってる？

おい。

誰か答えろよ。

ユーウェが……。

死んだぞ？

なんで。僕が、どうして。誰が悪い。違う。弱いから。死んだ？　誰が。なぜ。そんな。嘘だ。

「――――――――――――――――あ」

今、唐突に理解した。

ユーウェが、死んだ。

それを理解した。

ユーウェが死んだということは、えーと、どういうことなんだ？

死んだということは、生きてないということで。

生きてないと何が問題なんだっけ。

あぁなんだか頭が良く働かない。

だから今はいいや。

わからない問題は後回し。
うん、そうしよう。
まず、コイツを殺す。
それから考えよう。
「ガァァァアアアアアア――――！！！！！！！！！！！」
《スキル【憤怒】を入手しました》
そんな声が遠く頭の中で聞こえて。
それすら煩《わずら》わしい。
今はただアイツをぶち殺したい。
それだけ。ただそれだけ。
僕は、糞へと駆け出す。
僕の貧弱な肉体では、奴の肉体にダメージは与えられない。
そう理性が囁く。
関係ない。
今はただ、この怒りのままに。
僕は拳を振り上げると、怒りのままに糞悪魔へと叩きつけた。
――轟音。

肉がひしゃげ、骨が粉砕し、腕が千切れ飛び。

レッサーデーモンは先のユーウェの焼き増しのように吹き飛ばされていく。

それに微かな理性が驚きを表し、そして本能が笑った。

何がなんだかわからないが、好都合だ、と。

だから僕はそのまま本能に身を任せることにした。

…………そして。

僕が気づいた時。

そこには何か良くわからない血の塊と小さな肉片だけが転がっていた。

僕の手の中には拳大の魔石だけが存在し、それがこの血の海の正体がレッサーデーモンなのだと教えてくれた。

だが、どうでもいい。何もかもが、どうでもいい。

とにかくすべてが億劫《おっくう》で。

僕は虚脱状態だった。

まるですべての感情が怒りに変換されて、それを使いきってしまったようだ。

それでも、残るモノがあった。

悲しみ。ユーウェを失った悲しみだけが、ただ胸のうちに残っていた。

じゃり、という音が聞こえそちらをなんともなしに見るとリーンが立っていた。

「レン、姉……」

リーンがどんな風に声を掛ければいいかわからない、という顔でそこに立っていた。

「あ、あの、あた、あたし……ごめん！　ごめんなさい！」

リーンが泣きそうになりながら詫《わ》びる。

何を謝っているのか、わからなかった。

「あた、あたしユーウェ姉を守るって約束したのに……約束した、のに……」

リーンのせいではない。

彼女は精一杯努力していたし、ユーウェが死んだのはある種自業自得だ。

ユーウェがちゃんと隠れていたならば、彼女が死ぬことはなかった。

「ごめ、ごめんなさい！　ごめんなさい、ごめんなさい、ごめんなさい！」

だから僕は謝り続けるリーンに、リーンのせいじゃないと言おうとして。

「アグァッ!!」

反射的にその顔を思いっきり殴り飛ばしていた。

「え……ぁ……?」

尻餅をつき、殴られた頬を押さえて、何がなんだかわからないという顔をするリーンの前で。

——僕の右腕が宙を舞っていた。

一拍遅れ、僕の二の腕辺りから血が吹き出す。

「う、あ……………あ」

茫然《ぼうぜん》自失といったリーンに、僕は叫ぶように言った。

「下がれ、リーン……………！」

「あ、ぁ……レン姉、う、腕が……」

おろおろと狼狽《うろた》えるリーンに、しかし僕は一瞥すら向けず、言った。

「下がるんだ、リーン……」

そんな僕の視線の先には、新たに現れた敵。

三体のレッサーデーモンの姿があった。

それに、僕は思わず苦笑した。

全く、つくづく悪いことというのは続くものだ。

「レン、姉？」

おずおずと、リーンがこちらを窺《うかが》う。

その顔を見て。

決めた。

いいさ。いいだろう。決めた。腹を括《くく》るよ。そういうのも悪くない。

そうだろう？　ユーウェ。

「リーン」

僕は切り飛ばされた腕を拾うと、しかしそれを魔法で繋《つな》げずリーンへと渡した。

戦術級の魔法ならばこの腕を繋げることは容易い。だが、今は一の魔力すら惜しい。僕の腕をなんぞに使う魔力はなかった。

「これを預かっておいてくれ」

右腕をキツく布で縛り止血をしながら言う。

「え？　え？」

「後で繋げないといけないからね。これを持って戦場から離れといてくれ」

「い、イヤだ」

リーンは、ぶんぶんと首を振りそう言った。

その顔は涙と鼻水、それに恐怖でぐちゃぐちゃになっており、せっかくの可愛い顔が台無しだった。

「あ、あたしも戦う。レン姉一人じゃ死んじゃうよぉ……！」

「リーン」

そんなリーンに僕はただ微笑んだ。

「ヤダァ……！」

まるで幼子のようにタダをこねるリーンに、僕は内心ため息をついた。

仕方ない。できるだけ魔力は使いたくなかったが。

「〝テレサの扉〟」

「…………ッ」

リーンの顔が強張る。

そんな彼女に僕は微笑み。

「大丈夫、本当に危なくなったら逃げるからさ」

勿論そんな気はない。少なくともあの三体のゴミ。ユーウェを殺したあの糞虫を皆殺しにするまでは。

死んでも戦う。

だが、それにリーンを付き合わせるわけにはいかなかった。

「バイバイ、また後で」

「レンね……ッ」

テレサの扉が発動。リーンの姿が消える。

それを確認しレッサーデーモンへと向き直る。奴らは勝利を確信しているのか、ニヤついて僕とリーンの別れを見ていた。

どうせ、僕を殺した後すぐにリーンも後を追わせてやるとかしょうもないことを考えているんだろう。

どうでもいいことだが。

さぁ。

「ぶち殺してやるよ、糞虫ども。知ってたか？」

――僕は悪魔が大嫌いなんだ。


「――――――――…………ッ」


少し意識が飛んでいたようだ。

理由はわかっている。失血と敵がいなくなったことにより高慢の効果が切れたせいだ。

辺りを見回せば、周囲は凄まじいことになっていた。

原形を留めている建造物は存在せず大地すら崩壊している。

ここの復興は、まず整地からだろう。

そしてこの惨状の一因となった奴らはといえば、そのすべてが無残な姿となっていた。

手足をバラバラにされ、頭から真っ二つにされているもの。上半身と下半身を切断された状態で凍り付けにされているもの。肉体のすべてを溶かしきられ魔石のみが残っているもの。

無論、そのすべてが僕の手によるものだ。

代償としてすべての魔力は使い切られた。腕の止血こそ魔力を一使い行ったが失った血液と腕は戻らない。

だからだろうか。レッサーデーモン四体の撃破という偉業を成《な》したにもかかわらず、僕の心は酷く空虚だった。

いや、理由はわかっている。

ユーウェ……。

死んでしまった。

死なせてしまった。

誰が悪かったのだろうか。

ユーウェの護衛を頼んだリーン？　違う。

ここにいないクロウ？　まさか。

では勝手に飛び出したユーウェ？　彼女は僕を心配しただけだ。

では誰か。答えは明白。僕だ。

変に慎重にならずにさっさと戦略級魔法でレッサーデーモンを始末してしまえばよかったのだ。

それをしなかったのは、この後の戦いを見越して魔力の節約なんてことを考えてしまったから。

小賢しいにもほどがある。

結果はこの様だ。

「ユー……ウェ……」

ごめん。

本当にごめん。

「レ、ン……？」

掠《かす》れた声が聞こえた。

振り返ればそこにいたのはずいぶんと懐かしい人。

久しぶりに見たクロウは、酷く愕然とした表情でこちらを見ていた。

「レ、ン……その、腕……は……」

喘ぐようにして言うクロウ。

それを僕は無感情に見つめ。

「すまない、レン、本当にすまない……！」

カッと頭の中で何かが弾けるのを感じた。

「ふざけるなッ！」

僕は残った腕でクロウに反射的に掴みかかっていた。

なんだ？　僕はなにをしてる？

「お前ッ！　お前がッ！　どうしてッ。お前が、いれ、ば……！」

違う。関係ない。仮にクロウがいたとしても結果は変わらなかった。そして何よりあれは僕のミスだ。

「お前……お前……がァ……！」

だからこれは八つ当たり。かなり参ってるところに、すまなそうな顔をしてる奴が来たからそれをぶつけただけ。

だから言うな。それは言うな。

なけなしの意思を総動員し自分にブレーキを掛ける。

のど元まででかかった言葉を抑え込もうとして。

「待って…………たのに……」

出来なかった。

掴みかかっていた手から力が抜け、僕は項垂れた。

「う……あ…」

掠れた、クロウとは思えないほど弱々しい声が聞こえた。

クロウのたくましい肉体がガクガクと震えるのを感じる。

あの恐怖を知らぬ勇敢なクロウが、震えていた。

間違いなく恐怖していた。

僕の八つ当たりで。

しばらくそうしていただろうか。

「……ごめん、八つ当たり。今のは忘れてよ」

僕はそう言うと、クロウに微笑み立ち上がる。

戦いは終わった。レッサーデーモンを倒したことにより、軍勢は退いただろう。

だが僕にはまだ仕事がある。

ユーウェ。

彼女を見つけてやり、綺麗にしてやらねば。

そうして一歩踏み出そうとして、ぐらりと身体が揺れた。

あれ？　と思う前にクロウに身体を支えられる。

「レン！」

クロウが泣きそうになりながら僕の身体を支えた。

力が入らない。血を失い過ぎたようだ。

仕方がない。ここはクロウに頼もう。

「クロウ……」

「なんだ！」

「ユーウェを、見つけてあげてくれないか？　あの辺りに埋まってるんだ」

そういって僕がユーウェのいる場所を指差すと、クロウが大きく目を見開いた。

「お、俺は……」

わなわなと震える唇でクロウはそういって、僕の胸に頭を押し付ける。

「すまない……！」

クロウのせいじゃないさ。

そう言おうとして、言えなかった。

身に覚えのないプレッシャーが、僕たちを襲ったからだ。

まずクロウが目を見開き顔を強張らせそちらを見た。

その視線を追って、僕はそちらを見る。

そこには、見覚えのある魔法陣があった。

黒い紫電の迸《ほとばし》る、魔法陣。

それは五階層で見たもので。

ならばそこから出てくるものは決まっていた。

「グレーターデーモン……！」

クロウが苦々しく言う。

「お久しぶりねぇ、お二人さん。相変わらず仲が良いようで何より何より」

その言葉に僕は思わず苦笑した。

まぁ事情を知らずこの光景だけ見ればそう思うか。

「…………で、何の用？」

僕がどこか投げやりにそう言うと、グレーターデーモンはおや、という顔をした。

「ちょっと見ない間にずいぶん腹が据《す》わったものねぇ。お漏らしをしていた小娘とは思えないわ」

大きなお世話だよ、と僕は口の中で呟いた。

「何の用、と聞かれると困るのだけど、そうねぇ、確かに大侵攻は終わり。指揮官クラスが四人死んでは軍勢を維持できないもの。だからこれは大侵攻とは関係ないプライベート」

「プライベート？」

グレーターデーモンはニヤリと笑う。

「そう、一言で言えばリベンジね。私の身体を真っ二つにしてくれて、可愛い部下たちを殺してくれた貴方たちへのリベンジ。さぁ、そう言うわけで」

――始めましょうか。殺し合いを。

グレーターデーモンがびりびりと大気が震えるほどの殺気を放つ。

それを、僕は諦感の念で受け止めた。

魔力はゼロ。腕は片方失い、失血多量で歩くこともままならない。

戦うことも、逃げることもできない絶望的な状況。まさにまな板の鯉《こい》といったところか。

だがクロウは違う。彼ならば十分逃げ切れる。

余計な荷物さえ持っていなければ。

「レン、ちょっと待ってろ。すぐにアイツをぶっ殺して、お前を治療院に連れていく」

だから僕はこの言葉に驚いた。

「本気？」

「あぁ。俺は……俺が今度こそお前を守る。もう二度と、離れたりはしない。そして俺がアイツに勝てたなら」

クロウは僕をじっと見つめ。

「お前に謝りたい。謝らせて、欲しい」

「…………………………」

僕はしばしキョトンとして。

ふっ、と笑った。

許して欲しい、ではなく謝らせて欲しい、か。

なら断れないな。

もっとも、もう僕はクロウに怒ってなんていないのだけど。

だがまぁ、それなら一言。

「うん、頑張って」

「あぁ」

クロウが僕をそっと地面に下ろす。

同時に凄まじい睡魔が僕を襲った。

安心したからだろうか。緊張の糸が切れたのだろう。
いつ死んでもおかしくない、寝れば二度と目覚めることがないだろうというのに。
なぜだか凄く熟睡できる気がする。
僕は、グレーターデーモンへと向かうクロウをぼんやりと見つめる。
あぁ、きっとクロウなら大丈夫。
そんな根拠のあるようでない確信を抱きながら。
僕は眠りについた。

エピローグ

迷宮ミノスを有する超大国パンドゥラ。

その首都クレスに存在するディリア宮殿にて壮麗かつ厳粛とした式典が行われていた。

題目は、大侵攻の撃退及びその英雄の祝福。

式典に招待されたのはミノス迷宮ギルドの上層部及び敵将討伐に功績有りとされた悪魔狩り部隊の面々。

その中でもとりわけ注目されたのは、レッサーデーモン四体とグレーターデーモン一体を倒し、大侵攻撃退を実質的に成し遂げたとされる若手冒険者、レン＝モリィ。

そう、僕だ。

「悪魔狩り部隊、レン＝モリィ。前へ」

モリンソン宰相の声に従い前へと進み出る。

この国を実質牛耳るとされる宰相の声は不思議な圧力があり、まるで物理的な重力を伴《ともな》うかのようだった。

ふかふかすぎる絨毯《じゅうたん》に足が沈み込むような感覚もそれを助長させるような気がした。

進んだ先には大きすぎるよう椅子に沈み込むように座る十歳ほどの少年がいた。

蜂蜜のようなふわふわの金髪にエメラルドの瞳。まるで絵本の世界から抜け出してきたような絵に描いたような王子様。

この少年がこの大国パンドゥラの国王エレン三世だ。

十歳ほどの国王と老獪《ろうかい》な宰相のコンビ。いろいろと想像が掻《か》き立てられるシチュエーションだが、まぁ僕には関係ない。

エレン三世は、本来最も緊張してるべきはずの僕よりもさらにがちがちに緊張しており、僕と目が合うとその顔はさらに紅潮した。

それが少し微笑《ほほえ》ましく、クスリと小さく笑う。

するとエレン三世は、たどたどしくも会場中に届けんと声を張り上げた。

「こ、此度《こたび》の活躍、まことに、た、大儀であった。そなたの億石への貢献、他者に、ひ、比肩しうるものではなく、ここにそなたの功績を称《たた》え、金貨十万枚とパンドゥラ王国準男爵の地位をあ、与える」

私語厳禁なはずの会場でどよめきが走る。

準男爵、一代限りの士爵や名誉貴族とは異なり、世襲も可能なれっきとした貴族だ。ポッと出の成り上がりものに与えてよい褒章ではない。

これは、王国が今回のことをそれだけ重要視しているということでもあり、僕が他国にとられないようにするための措置でもあった。

「謹んでお受けいたします」

僕は王に頭《こうべ》を垂《た》れると、儀礼用の剣を王に差し出した。王はそれを受け取ると僕の右肩に一回、左肩に一回、そして最後にそっと首に添《そ》え、僕に返した。

これは両の方に貴族としての責任がかかったことと、僕が国に命を差し出した（忠誠を誓った）ことを意味した。

僕は剣を恭《うやうや》しく受け取ると、振り返りそれを顔の前に両手でささげた。

途端《とたん》、会場中に拍手が鳴り響く。僕はそれを全身で受けながら、さりげなく眼だけで会場を見渡した。

まず目につくのは、苦々しげな顔をする貴族たちで、成り上がり者が貴族の末席に身を置くのを面白く思っていないのがすぐわかった。

次に目に入ったのが悪魔狩り部隊の面々。彼らは僕を祝福する者、憧れるような瞳をする者、嫉妬する者と多種多様だった。

それはいろいろなトラブルの種を予感させたが、今の僕にはどうでもいいことだった。

その中で僕が気になったことは、ただ一点。

――ここにクロウがいない。

それだけだった。

今回の大侵攻で、僕はいくつかを得て、いくつかを失い、そしていくつかを取り戻した。

まずは得たものから行こう。

先の式典でも言われた通り僕は金貨十万枚と準男爵の地位を得た。

金銭的な報酬も相当なものだが、それ以上に大きいのが準男爵の地位だ。

この国の貴族階級になれたということは、毎年金貨千枚の貴族年金が支給されるということ。

裁判等も貴族というだけで圧倒的に有利となるため、この世界において貴族という地位は馬鹿にできない。

……とはいえ、貴族の力関係というのは役職や領地がモノを言うようなので、役職も領地もない僕は貴族としてはカスのようなものだ。

次に、失ったものだ。まずは僕の腕。一度は切断されたが、腕に魔法をかけた結果、無事繋《つな》ぐことができた。ただ完全に元通りというわけでなく、腕は動くが指先はかすかに動く程度で感触もほとんどない。解析の結果、そのうち元通りになるとのことだが、それまでは不便な思いをすることになるだろう。

だが僕はあまり気にはしていない。なぜなら今もこうして甲斐甲斐《かいがい》しく面倒を見てくれる娘がいるのだから。

「はい、レン姉《ねえ》、あーん」

揺れる馬車の中、リーンが器用に剝《む》いたリンゴを差し出してきた。

僕はそれに苦笑しながら言う。

「そんなことしなくても食べられるってば。そもそも左手は無事だしさ」

「そんなこと言って、そっちは利き腕じゃないじゃんか。いいからアタシに任せてよ！　レン姉の腕が治るまではアタシがバッチリ面倒見るからさ」

やれやれ。内心でこっそりため息をつきながらリンゴをほおばる。

大侵攻以来、リーンはずっとこの調子だった。

どうも僕の腕が切断された責任を感じているらしく、こうして朝から晩までつきっきりで世話をしてくれているのだ。

その勢いはもうこのまま僕の右腕にならんとばかりで、当初は気遣いがありがたかったものの、さすがに少しうっとうしくもある。なんせ、風呂はもちろんのことトイレにまでついてくるのだ。

さすがに勘弁してほしい。

とはいえ、今もこうして新しいリンゴを向いている彼女を見るとなにも言えなくなるわけで。

僕は苦笑いを浮かべながら後方を振り返った。

「まったく、リーンも過保護すぎる。君もそう思うだろ……ユーウェ？」

「ふふ、いっそこのままメイドにしたらどうでしょう？　レンさまもお貴族さまになられたことですし」

そういってユーウェはお淑《しと》やかに笑う。

その人形のように整った顔には傷一つついていない。

――あの日、レッサーデーモンの一撃を受けたユーウェだったが、蓋を開けてみればこの通り完全な無傷の状態で発見された。

理由は、いつの間にか発言していたユーウェのスキルによるものだ。

そのスキルとは【魔女の従僕】。主《あるじ》の特定のスキルを模倣するというスキルだった。

その模倣されたスキルは【愛欲】【高慢】【怠惰】【憤怒】の四つ。それぞれ僕のものとは微妙に異なっており、スキル名も変わっている。今回ユーウェが無事に済んだのは【愛欲】の模倣、【愛欲の従僕】の効果によるものであり、その効果は「自分が感じた快楽を生命に変えストックできる」というもの。

つまり僕の【愛欲】の生命力版だったのである。

かつてから疑問に思っていたことではあった。エッチの際の無尽蔵にも思えるユーウェの体力。これは【愛欲の従僕】の生命力ストックのおかげだったのではないだろうか。

解せないのは、毎日のようにユーウェには解析をかけているにもかかわらず、このスキルが発見できなかったこと。ストックされていた生命力の量や、レッサーデーモンの攻撃を無効化した点から僕の【愛欲】とほぼ同時に覚醒したのは間違いないはずだが、僕はそれを見抜くことができなかった。

今回ユーウェが無傷だったことで念入りに解析をかけ続けた結果、ようやくこのスキルが浮かび上がってきたのである。

これが意味するのは、僕に能力を与えた悪魔が関与しているということだ。それはつまり僕だけが取得している【愛欲】などの、七つの大罪系のスキルもまた悪魔が関与しているということであり、かの存在がこの世界で何か企んでいることを意味した。

とはいえ今はいくら考えても答えは出ないだろう。ならば今はユーウェが無事に済んだ、そのことを純粋に喜ぼう。

これでかつての日常はほとんど戻ってきた。

……………あとは、アイツとのことだけが僕の心残りだった。

「……どうしました？　なんだか暗い顔をなされてますけど」

気がつくとユーウェが僕の顔を覗《のぞ》き込んでいた。

リーンもその隣で心配そうな顔をしている。

「や、なんでもない。ちょっとあのバカのことをね」

あのバカ、クロウはあれ以来忽然《こつぜん》と姿を消してしまった。

ギルドの要請を受けて駆け付けた悪魔狩り部隊の面々が見たのは、満身創痍《まんしんそうい》で倒れ伏す僕と、『誰か』によって倒壊した建物から救い出されたユーウェ、それに四体のレッサーデーモンの残骸と頭部を失い死んだグレーターデーモンの姿だけだった。

僕は正直にレッサーデーモンは僕が倒したが、グレーターデーモンは倒す前に気絶してしまったこと、その直前にクロウが現れたことを話したが、ギルドは最終的にグレーターデーモンを倒したのも僕だったという方向で話をまとめることにした。

僕がグレーターデーモンを倒したと表彰されたのはそういうわけだ。

かつてギルドにグレーターデーモンの素材を提出したことがあるのも、僕が倒したという根拠の一つになった。

なによりも表彰対象者が行方不明のままではお祭り騒ぎにケチがつく、という大人の判断もある。

結果、グレーターデーモンを倒したというのは僕となり、クロウは一般的には名前すら知られていない。

僕もめまぐるしく変わる状況の変化により彼を探す余裕もなく、現在まで至る。

「全く、アイツ一体何やってんだか」

死体がない、ということは恐らく生きているのだろう。

これが終わったら謝らせてほしいとか言ってたのに……。

まぁ謝りたいというのはもうほとんど謝っているようなもんだ。

僕は寛大だからここは一つ寛大な心で許してやるとしよう。

「レンさん」

なぜか僕の顔を見て痛ましげな表情をするユーウェ。

どうしたんだろう?

「と、ところで、レン姉これから行くところってどんなところなの?」

やや重い空気になりかけた車内に、リーンが慌てて話を変えた。

「ん、僕たちが向かうのはエピメテ帝国。……この世界でもっとも高い塔を有する国だよ」

魔界の侵略路である迷宮、それと対をなす存在である塔。

塔は天界へとつながる道であり、やはりこちらも人間領を侵さんと伸びる侵略路である。

噂《うわさ》では迷宮とはまったく雰囲気の異なる場所らしいが……。

「正直めんどくさいよね」

せっかく迷宮でうまくいっているのに場所を移るのにはもちろん理由がある。

他でもない国王陛下の頼み(命令)だからだ。

なんでも塔においても大侵攻の兆しが見えて来ているらしい。

パンドゥラ王国とエピメテ帝国は双方とも他世界への道を有することから大侵攻に際する援助同盟を組んでいるらしい。

これまでの大侵攻の際にも両国は軍を支援したりあるいは物資を送り復興を支援してきたりしてきた。

ところが今回、迷宮と塔、双方に大侵攻の兆しが見えてきてしまった。

結果、パンドゥラ王国が先に大侵攻を受けてしまったわけだが、正直パンドゥラ王国側としてはエピメテ帝国に支援を今回したくないというのが本音だ。

特に軍を派遣してもらったわけでも、復興の物資が届いたわけでもない。そしてそれらは真っ先に自分の国に投入したい状況で、他国に援助してる場合ではない。

だがこれまでずっと続いてきた同盟を、こんなことがあったからと無効化したらまずい前例を作ることになる。

よって、たとえ有名無実でも何かしらの援助をする必要があった。

そこで白羽の矢が立ったのが、ほぼ単身でグレーターデーモンを倒した僕というわけだ。

相手方の敵将ドミニオンはグレーターデーモンとほぼ同等の化け物だという。

ならばグレーターデーモンを倒すほどの猛者はきっと歓迎されるに違いない。

いやぁよかった、これで援助の名目もたつし、よしんば今回みたいに早期に敵将討伐ができたらエピメテ帝国に恩を売れるぞ！　やったぁ！　そうだ、それで手柄を立てて向こうに取り込まれても面白くないな。平民を斡旋《あっせん》ってのは外聞が悪いし、そうだ適当に準男爵でも与えて首輪代わりにしよっと。

……僕が貴族になったあらましとエピメテ帝国に派遣となった裏事情はこんなものである。

式典の最中、貴族たちが陰でそんな話をしているのをたまたま聞いてしまったのだ。

まぁだからというか正直僕のモチベーションは低い。

それでも断らなかったのは、王国を敵に回す気がなかったのと、貴族という地位に憧れがあったからだ。

貴族、実にいい響きである。

やっぱりファンタジー世界に来たからには貴族に成り上がるというのは憧れの一つだ。

あとはハーレムさえ作ってしまえば夢の生活の完成だ。

……まぁ実際には思ったよりもしがらみが多そうでうんざりするが。

ちなみにこの馬車も王国が用意したものであり、特別製。なんと浴室やトイレ、ベッドもついていて、ちょっとした宿のような馬車なのだ。

御者も馬もホムンクルスで、昼夜を問わず進んでくれるので基本的僕らは馬車でくつろいでるだけで目的地に着くというわけだ。

「あ、そろそろ街を出るね」

ふと窓の外を覗いたリーンが言った。

僕もちらりとだけ外を見て——慌てて振り返った。

あの人影は……まさか!?

「レン姉!?」

リーンの驚きの声を背に受けながら、ひらりと馬車を飛び降りる。

そして門の近くで寄りかかるようにして立つその人影へと駆け寄っていく。

しかし、それも最初だけで、なぜか僕の足は近づくにつれて歩みを遅くしていってしまった。

「……………………」

「……………………」

やがて、僕たちは向かい合うと無言で見つめ合った。

先に口を開いたのは——僕だった。

「久しぶり、クロウ」

「あぁ………」

クロウは一瞬、僕から目をそらしたが、次の瞬間には強いまなざしで僕の眼を見つめてきた。

ドキリ、と心臓が一瞬跳ねる。

「レン」

うん……。

「言いたいことがあるんだ」

僕も。

「俺は………！」

クロウが次の言葉を言おうとした瞬間。

「——……」

僕はそれを遮るように彼に抱き着き、そっとキスをした。

ユーウェたちとは違う、薄くて硬い唇の感触。

それに僕はそういえばクロウとキスをするのは初めてだっけ、と気づいた。

セックスは何回もしているのにキスをしたことがないなんて、とおかしくなる。

「レン？」

突然のキスに戸惑うクロウに、僕は優しく微笑みかける。

「きっと……長い話になると思うんだ。お互いに、ね。だからさ」

馬車を親指でクイッと指して言う。

「乗りなよ。そのつもりで来たんだろ？」

クロウは一瞬呆気《あっけ》にとられたが、やがて微笑んで頷《うなず》いた。

「ああ。これからも――よろしく頼む」

懐かしい笑顔。もう何年も見ていなかったような気さえする。

僕はなんだか胸から溢《あふ》れる感情を抑えきれなくなり、もう一度クロウへと飛びつくように抱き着いた。


これですべてが元通り。

僕がいて、クロウがいて、ユーウェがいて、リーンがいる。

舞台が迷宮から塔へと変わっても役者は同じ。
最高のメンバーと僕は冒険を続ける。
これからも、ずっと。

（了）

番外編
なんだかんだでまあまあ愉しくヤッてます

いろいろあったけど、〝元サヤ〟に戻った僕とクロウ。
なんだか前よりも恥ずかしいエッチに
僕の興奮は加速してゆく――。

「な、なんか……久しぶりだね」

「そ、そうだな」

夜。帝国へと向かう道中、その途中の町の宿の一室にて。

僕はクロウと二人っきり、ベッドの上で向き合っていた。

こうして彼とエッチをするのは、いつ以来だろうか。期間としてはさほど長くないはずだが、ずいぶんと久しぶりな気がする。

しかし、大侵攻の一件からなし崩し的に同行することになって、なんだか仲直りした感じになっている僕たちであったが、そもそもの喧嘩《けんか》の原因について僕は別に許したわけではなかった。

なので……。

「い、言っておくけど、まだ許したわけじゃないからね。許して欲しかったら……」

わかるよね？　と目で問いかけると、クロウは力強く頷《うなず》いた。

「ああ、ちゃんとわかってる。俺が悪かった。お前を大切にしなかったことも、最も大事な時にそばにいなかったことも……」

「………………」

「レン、俺にもう一度だけチャンスをくれ」

そう言って、そっと僕を押し倒すクロウ。

僕はそれに抵抗しないことで、返事とした。

そんな僕へとまずはそっと口づけをするクロウ。

ドキリ、と胸が跳ねる。クロウが、セックスでキスから始めてくるのは、これが初めてだった。

それは、僕の方も男へのキスになんとなく抵抗があったせいもあったが、相手も特に求めてこなかったというのもあった。

だが、こうしてキスから始められると、自分でも予想外なくらい身体《からだ》が相手を受け入れる準備をするのがわかった。

僕の、無意識の身体のこわばりが消えたのを確認したクロウが、優しく手を這《は》わせてくる。

太もも、脇腹、腹部、乳房の麓《ふもと》……。

僕の肌触りを確認するかのようなそれは、性感帯に触れていないというのに、ゾクゾクとした快感を僕に与えた。

眠っていた皮膚の下の神経が優しく起こされて、敏感になっていくのがわかる。

同時に、胸やアソコなどの部分に対する欲求が高まっていって、僕はなんだかもどかしい気持ちになってきた。

そんなこちらの心中を読んでいたかのように、ふいにクロウが僕の胸へと触れた。

「……ぁっ」

半ば不意打ちのようなそれに、小さく声が漏れた。

それを見たクロウがにやりと笑う。

僕はそれがなんだか悔しくて、声を出さないことを決めた。

そんな僕をよそに、やわやわと胸を揉《も》みしだいてくるクロウ。

気持ちよくはあるが芯までは響かないその愛撫《あいぶ》に、乳房の先端がどんどんと硬さを増していく。だというのに、奴はそこへは決して触れようとしない。

快感を絞って乳首へと送るように、優しく乳肉を揉むだけだった。

くぅ、クロウのくせにいっちょ前に焦《じ》らし責めなんてしやがって……！

もどかしさがイライラへと変わりかけたその時、不意打ち気味にキュッと乳首が摘《つ》ままれた。

「…………………ん、ふっ」

ビリリ、とおっぱい全体へと快感が走り、僕は耐えきれずに甘い吐息を漏らしてしまう。

あぁ……もう、なんてねちっこい愛撫だ。

しかし、なるほど、確かにコイツはしっかりと反省しているようだ。僕が何に怒っていたのかも、ちゃんと理解しているらしい。

クロウの反省の気持ちはしっかりと受け取った上で、しかし、僕はなんだか複雑な気分だった。

コイツ、なんだか上手《うま》くなってない……？

別れる前のクロウには、ここまでの技量は明らかになかった。

それはつまり、どこかで腕を磨いてきたということで。

ぶっちゃけ、他の女の影を感じざるを得なかった。

そういえば、小悪魔天国でクロウを見かけたことがあったな、とふいに思い出す。

理由はわからない。理由はさっぱりわからないが……なんだか非常に面白くなかった。

なので、少しばかりこの馬鹿を懲らしめてやることにしよう。

「えいっ！」

「おおっ？」

くるり、と身体を回転させてクロウに馬乗りになる。

「ここからは僕のターンだ」

眼下のヤリチン野郎へと宣言して、後ろ手に彼の男根へと右手を伸ばす。

「おぅふっ！」

すると、まだ触れただけだと言うのにクロウは軽く頭をのけぞらせた。触れるだけで快感を与える、【淫魔の肌】の力だ。

そのままゆるゆると扱《しご》いてやる。元男として、チ×ポの気持ち良いところや強弱については知り尽くしている。かつてはこうしてやればものの数秒でイってしまったものだが……。

「うおお……や、やっぱりレンの手は最高だぜ」

恍惚《こうこつ》とした表情でそう言いつつもどこか余裕のあるクロウ。

……チッ。やっぱり快感に対して免疫ができてやがるな。

だが、ふふん。成長しているのは自分だけではないということを教えてやる。僕も一つ上のステージへと進んでいるのだ。

僕はニヤリと笑うと、淫魔の肌の力を手のひらへと集めた。

かつてのレイプ未遂の時に身に着けた、スキルの一点集中だ。

そうして快感を一点集中させた手でクロウの逸物を軽く扱いてやると……。

「ッ!?　うおおおおあああっ!?」

一点集中させた淫魔の肌の快楽は、ただの人間の身で耐えられるものではない。

クロウは目をカッと見開き、ガクガクとその屈強な身体を震わせながら噴水のように精液を噴き出した。

その無様な姿に僕はふふんと笑い。

「たった三擦《みこす》り半《はん》でイッちゃうなんて、クロウもまだまだだね」

「ハァハァ……い、今のは……？」

「さてね。それより……」

目を白黒させて問いかけてくるクロウを僕は軽くあしらい、ゆるゆると腰を動かして彼の逸物を刺激してやった。

一発出したことによって若干硬さを失っていたチ×ポが、すぐに硬さと熱を取り戻していく。

この回復力の高さは彼の強みだな、と思いつつ僕は挑発気味に問いかけた。

「まさか、もう終わりじゃないよね？」

「……まさか！」

くるりと回転。

今度はクロウが僕をうつ伏せになるように組み敷いてくる。そして、僕の白く柔らかなお尻へとそのいきり立った逸物を宛《あて》がってきた。

挿入の気配に、僕の下腹部が熱を持ち、自動的に潤いを増していく。

勝手に受け入れ態勢となっていくオマ×コがなんだが無償に恥ずかしい……。

僕が赤くなっているだろう頬を隠すように顔を枕へと伏せると、そんな僕の心を読んだかのように頭上から笑い気味の声が降ってきた。

「すっかり準備万端って感じだな。なんだかんだ言ってレンも楽しみにしてたんじゃないか？」

「う、うっさい！　調子の……んあぁぁぁぁっ！」

言葉の途中にずぷりと硬くて熱いモノが入ってきて、僕はのけ反った。

クロウのビッグマグナムと評するに相応《ふさわ》しい男根が、ゴリゴリと膣壁《ちつへき》を削るように侵攻してくる。

「く……はあぁぁぁぁぁぁ……っ！」

やがて、ズンと最奥……子宮を突かれ、僕は肺の空気をすべて出すような喘《あえ》ぎ声をあげた。

若干の息苦しさと、それ以上の多幸感にも似た快感。

あ、相変わらず……なんてエグいチ×ポだ。

大きく、硬く、長いというただそれだけのモノだが、その大きさだけで膣内の性感帯のすべてを蹂躙《じゅうりん》してくる。

たぶん、この大きさは僕以外の女には快感よりも辛《つら》さの方が上回るだろう。

締まりが良いが柔軟で拡張性のある、悪魔製のこのカラダだから、この特大サイズのチ×ポを受け入れられるのだ。

これがユーウェやリーンであったら、あちこちが裂けてエッチどころではないだろう。

しかし、これを受け入れられる者にとっては、一転、この凶悪な逸物は弱点耐性の全体攻撃となる。

たぶん、こういうのを相性が良い、と言うのだろう。

悔しいが、それだけは認めざるを得ない。

ユーウェのクリチ×ポや女芯の男根では味わえない快感があった。

そして、クロウの逸物の本領はここからだった。

「くぅあぁぁぁうぁッ！」

最奥まで挿入されていた逸物が、引き抜かれていく。

ゾリゾリと、膣内の性感帯が掻《か》き抉《えぐ》られていく感覚。

挿入の時のゴリゴリとした感覚とはまた違う、脊椎ごと引っこ抜かれているような快感。

クロウのえげつないほどの雁首《かりくび》が、鏃《やじり》のように膣肉に引っかかりながら、性感帯を穿《うが》っていっているのだ。

たった一度の往復で、ポルチオ性感帯も、Gスポットも、クリトリスの裏も、名前のついていない他の性感帯も、すべて根こそぎ抉っていく凶器。

テクニックも何も必要ない、ただデカくて硬いだけのそれが、クロウの武器だった。

そして、クロウのピストンが始まる。

「うぁあ……！」

ずん、と子宮を揺さぶられ。

「はぅううう……！」

Gスポットやら何やらをえぐりながら引き抜かれる。

「うぐっ、んはぁぁ、ああっ、はぅう……！」

挿して、抜かれて、突かれて、抉られ……徐々にアソコのあたりに何かが溜《た》まっていく。

やがて、その蓄積された何かが限界を迎えた瞬間、脊椎を爆発的な何かが走って、脳内を焼き尽くした。

「イッ…………くぅぅぅううう！」

頭が真っ白になり、チカチカと視界が瞬く。

反射的に腰が引かれ、逸物が引き抜かれた瞬間、プシャァーーッと大量の液体が秘部から噴出した。

その潮吹《しおふ》きの快感で、また軽くアクメする。

ビクビクとカラダを痙攣《けいれん》させ、たっぷり一分は絶頂の余韻を味わった後、僕は力なくベッドに倒れ伏した。

「はぁぁ……すご、かった」

思わず、ぽつりと漏れる。

まだ頭が痺《しび》れるようだ。

そうして、ぼんやりと快感を脳内で反芻《はんすう》していると、ぐいっ、と仰向《あおむ》けに回転させられた。

視界に入ったのは、切羽詰まったような顔のクロウ。

ゾクリ、と背筋に走る悪寒。な、なんか嫌な予感が……。

「レン」

「あ、ちょ、ちょっと待って。まだ敏感――」

「悪いっ！」

「んあぁぁぁあああっ！」

言葉の途中で乱暴に挿入され、僕は再び軽くイッてしまう。

そんな僕を気にした風もなく、というか、気にする余裕もない様子で、クロウは一心不乱に腰を振り続けていた。

「うぁぁ、い、イク、んんん！　あ、はぁ……！　また、イクッ……！」

止まらない絶頂の波が、僕を襲い続ける。

こ、これはヤバイ。い、イき過ぎて、い、息が……し、死んでしまう。

い、一秒でも早くクロウをイかせなくては……！

僕は思考もままならない頭で、それでもなんとか必死にアソコへと、淫魔の肌の快感を集めた。

「う、おッ!?」

強烈な快感に、クロウの動きが止まる。

ホッと一息ついたその瞬間。

「あぁっ……！　く、クロウ!?」

凝縮され強化された快感をチ×ポに送り込まれているはずだというのに、クロウがより速くより強くピストンを再開し始めた。

普通の人に耐えられる快感ではないはずなのに……！

そう混乱した僕だったが、膣奥に熱いモノが注がれている感覚で我に返った。

ま、まさか射精しながら腰振ってる……!?

常識ではありえない快楽に、逆にクロウのスイッチが入ってしまったのか。

「うぁ……イく……い、い、イク……あ、ぁ……！」

子宮に精液を注ぎ込まれながら激しくピストンをされるという快感に、僕も頭を白く染められていく。

眠りに落ちる寸前の時のように、意識が上下に揺さぶられるような感覚。敏感になった神経に走る鋭い快感と、カラダがとろけて液体になっていくような真逆の快楽。

僕が延々と終わらない絶頂に意識を手放しかけたその時。

「オオオッ！」

クロウが小さく雄たけびを上げて、グッと腰を押し付けてきた。

同時に、大量の精液がお腹《なか》へと注ぎ込まれていく。

ドク、ドク、ドク……！　と信じられないほど長く射精が続く。

まるで、別れていた間の精液をすべて吐き出しているかのような長い射精だった。

「うっ……」

ドサリ……。

長い射精を終えたクロウが僕の胸の谷間へと倒れこんでくる。

重い……。僕は跳ねのけようか迷って……アホ面をさらして寝息を立てるクロウの顔を見て、やめた。

まったく、スッキリした顔しちゃって。

ほっぺを抓《つね》って……そっと頭を抱きしめてやる。

ああ……帰ってきたんだな、とふと思った。

一緒に冒険して、喧嘩して、疎遠になって、喧嘩して、エッチして……。

友達なのか、恋人なのか……、僕にとってクロウがどういう存在なのかわからないが……。

今はこの胸に満ちる満足感を答えにしておくとしよう。

そして僕も安らかな微睡《まどろ》みへと身を委ねるのだった。


（了）

あとがき

はじめまして……は二巻ですし要らない、ですよね？　お久しぶりです、百均です。

この度は拙作を手に取っていただきありがとうございます。このあとがきを読んでくださっているということは、おそらく一巻をお読みになってくださったということなのでしょう。

無事二巻が出せましたのも、一巻をお買い上げくださった皆様のおかげです。

もしもまだ一巻をお読みにならないでこの本を手に取ってくださっている方がいらしたら、ぜひ隣に並んでいるであろう一巻を手に取ってみてください。

素敵でエッチなイラストがそこに載っているはずです。

最後に、担当編集者様、今回も最高のイラストを描いてくださった三色網戸。先生、ＷＥＢ版を評価してくださった読者の方々、この小説が本になるまでに尽力してくださったすべての皆様。本当にありがとうございます。

そしてこの本を買ってくださった方々へ、心から感謝を。

二〇二〇年二月下旬　百均

●本作は小説投稿サイト「ノクターンノベルズ」（https://noc.syosetu.com）に掲載されている『悪魔には騙されたけどまあまあ愉しくヤってます』を修正・改題したものです。

Variant Novels
悪魔に騙されてTS転生したけど
めげずにハーレム目指します　2

2020年3月26日初版第一刷発行

著者……………………………………百均
イラスト……………………………三色網戸。
装丁…………… 5GAS DESIGN STUDIO

発行人……………………………………後藤明信
発行所………………………………株式会社竹書房
〒102-0072　東京都千代田区飯田橋2－7－3
電　話：03-3264-1576（代表）
03-3234-6301（編集）
竹書房ホームページ　http://www.takeshobo.co.jp
印刷所…………………………………共同印刷株式会社

■本書は小説投稿サイト「ノクターンノベルズ」（https://noc.syosetu.com）に掲載された作品を加筆修正の上、書籍化したものです。
■この作品はフィクションです。実在する人物・団体等とは一切関係ありません。
■定価はカバーに表示してあります。
■乱丁・落丁の場合は当社にお問い合わせ下さい。
ISBN978-4-8019-2212-9 C0093

侵入者をエロ洗脳して仲間にしよう！
俺と肉便器たちのイチャラブ迷宮生活♥
外道転移者のハーレムダンジョン製作記 1
定価：本体1,100円＋税
著作／たけのこ　イラスト／ちり